双葉文庫

はぐれ長屋の用心棒

# うつけ奇剣

鳥羽亮

# 目次

この作品は双葉文庫のために書き下ろされました。

# うつけ奇剣　はぐれ長屋の用心棒

# 第一章　面　影

## 一

ちらちら、と雪が降ってきた。

空がどんより曇り、底冷えのする日だった。まだ、七ツ（午後四時）ごろだったが、辺りは夕暮れ時のように薄暗い。

本所、相生町《あいおいちょう》。きよは竪川《たてかわ》沿いの道を西にむかって歩いていた。きよは一刀《いっとう》流《りゅう》の剣術の道場主、神谷弥十郎《かみややじゅうろう》の妻だったが、いまは寡婦である。きよの前を、次男の新之丞《しんのじょう》と道場の師範代、植村七兵衛《うえむらしちべえ》が歩いていた。ふたりは、道場での稽古のことを話していたが、新之丞が空を見上げながら、

「母上、雪です。すこし、急ぎましょう」

と振り返って、声をかけた。

新之丞は、二十一歳。面長で、鼻筋のとおった端整な顔立ちをしていた。長身で肩幅もひろく、腰が据わっている。子供のころから父親のひらいていた道場で、一刀流の修行を積んできたのである。

植村は四十がらみ、神谷の弟で、きよの義弟だった。御家人である植村家の養子に入り、家を継いだが非役だったこともあって、若いころから神谷道場に通い、神谷の死後は師範代として道場をささえてきた。

「積もるようなことはないでしょうが、急ぎますか」

きよの足がすこし速くなった。

きよは四十歳。面長で切れ長の目、形のいいちいさな唇をしていた。若いころは、美人だったにちがいない。いまも、若いころの面影はあったが、ひきしまった顔や切れ長の目には、武芸を身につけた者の持つ厳しさがあった。きよは長年、剣術の道場主の妻として生きてきただけでなく、自分でも娘のころから小太刀を修行してきたのである。

二年ほど前、きよの夫の神谷弥十郎は流行《はやり》病で急逝し、その後きよは独り身をとおしてきた。夫の死後、道場は新之丞が引き継いだが、まだ若いので師範代の植村が中心になって、門弟たちに指南してきた。

「兄上は、江戸にいるのでしょうか」

歩きながら、新之丞が言った。

新之丞の兄であり、神谷家の嫡男である宗之助《そうのすけ》は二十三歳、きよが十七のときに生んだ子である。宗之助は三年前、二十歳になったとき、諸国を廻って剣の修行を積みたい、と言い出し、旅に出たのである。

宗之助は、父親の弥十郎が若いころ廻国修行の旅に出て一刀流の修行をしたことを聞いていたこともあり、剣の精妙を得るためには神谷道場を離れて修行する必要があると思ったらしい。

ところが、二年ほど前に父親の弥十郎が急逝したため、きよは宗之助に帰って道場を継いでほしいと思ったが、いまだに居所が知れなかったのだ。

そのようなおり、弥十郎の生前、高弟のひとりだった朝倉重右衛門《あさくらじゅうえもん》という御家人が、若先生を小田原宿で見た者がいる、と近所の門弟に話したのだ。それを聞いたきよは、新之丞とふたりで、朝倉の住む本所緑町《みどりちょう》に出かけようとした。

すると、師範代の植村が、

「それがしも、ご同行いたしましょう」

と言って、ふたりについてきたのだ。

植村によると、一月ほど前、神谷道場の門弟の小坂定助《こさかさだすけ》が、深川清住町《きよすみちょう》の大川端の通りで何者かに襲われて怪我をしたので、用心のためだという。小坂は、まだ若いが神谷道場の俊英と謳《うた》われている男で、植村に次ぐ遣い手と目されていた。

小坂を襲った下手人は、何者か知れなかった。小坂の話では、ふたりの武士が小坂に神谷道場の門弟であることを訊《き》いた上で、いきなり斬りかかってきたという。

きよも、小坂が襲われて右腕に深手を負った経緯を知っていたので、植村に同行してもらうことにしたのである。

「どうですか。……宗之助は、小田原から江戸に向かったと思うのですが」

きよが、小声で言った。

朝倉は、たいしたことは知らなかった。役儀で大坂に出かけた知り合いの御家人が、小田原宿で宗之助らしい旅装の武士を見かけた、と朝倉に話しただけだったのだ。その御家人は数年前まで神谷道場のある日本橋村松町《むらまつちょう》に住んでいて、宗之助のことを知っていたという。

「兄上は、強くなったでしょうね」

新之丞の声には、はずんだひびきがあった。三年ぶりに兄が江戸に帰ってくるかもしれないと思い、喜びを覚えたのであろう。

「どうでしょうか……」

きよは語尾を濁した。

家を出る前、宗之助は神谷道場のなかでは出色の遣い手であった。当時から師範代をしていた植村にも、三本のうち一本はとれるほどの腕だった。だが、稽古はそれほど熱心ではなかった。それに、ずぼらの上にうっかりしたところがあり、父親の神谷には、「うつけ者め」と怒鳴られたり、叱られたりすることが多かった。剣の腕がたったのは、厳しい稽古を積んだというより、幼いころから道場内で剣術に馴染んだことにくわえ、天稟《てんぴん》があったせいであろう。

「それがしも、相手にならぬほど、腕を上げたかもしれません」

植村が目を細めて言った。

植村も、宗之助が子供だったころからいっしょに稽古したこともあって、特別な思いがあるようだ。

三人がそんなやり取りをしながら歩いているうちに、竪川にかかる一ツ目橋が前方に迫ってきた。

竪川には大川に近い一ッ目橋から西にむかって、二ッ目橋、三ッ目橋と順にかかっている。きよたち三人は竪川沿いの通りから大川にかかる両国橋を渡って日本橋へ出て、神谷道場のある村松町へ帰ろうと思っていたのだ。

竪川沿いの道は、人影がすくなかった。雪模様の寒い日のせいであろう。ふだんは通行人の多い通りなのだが、行き交う人の姿はまばらだった。背を丸めた職人ふうの男や風呂敷包みを背負った店者《たなもの》などが足早に通り過ぎていく。

「柳の陰に、だれかいます」

新之丞が前方を指差して言った。

見ると、一ッ目橋のたもと近くの柳の樹陰に人影があった。樹陰なのではっきりしないが、武士であることは知れた。袴姿で大小を帯びているのが、見てとれたのである。

「辻斬りかもしれません」

新之丞が声をひそめて言った。

「ちがうだろう。いまどき、辻斬りが出るはずがない」

そう言って、植村は樹陰に目をやった。

人通りがすくないとはいえ、通行人が行き交っている。それに、通り沿いの店屋はみなひらいているのだ。植村は、こんな場所に辻斬りが出るとは思えなかったのであろう。

「植村どの、われらを狙っているのかもしれませんぞ」

きよが、顔をひきしめて言った。

「われらを狙っているとしても相手はひとり、恐れることはありません」

植村は歩調を変えなかった。

きよも新之丞も、樹陰の男に目をむけたまま歩を進めた。

二

「出てきた！」

新之丞が声を上げた。

樹陰に身を隠していた武士が、ゆっくりとした歩調で通りに出てきた。小袖に袴、黒鞘の大小を帯びている。黒足袋《たび》に草鞋《わらじ》履きで、袴の股だちをとっていた。武士は闘いの身支度をととのえているようだ。

「われらを襲う気だ！」

植村が刀の鍔元《つばもと》に左手を添えながら言った。

そのとき、きよは背後に近付いてくる足音を聞いた。振り返ると、ふたりの武士が小走りに近付いてくる。

「後ろからも、ふたり来ます！」

きよが昂《たかぶ》った声で言った。

おそらく、通り沿いの樹陰か店屋の陰にでも身をひそめていて、きよたち三人をやり過ごしてから追いかけてきたのだろう。

「挟み撃ちにする気ですよ」

「きゃつら、何者だ」

植村の顔がこわばっていた。

「何者か知れませぬ」

きよは、懐剣の柄を握りしめた。きよは小太刀の遣い手だったので、用心のために懐剣を持ち歩いていたのだ。

背後からのふたりが、小走りになった。ひとりは大柄な武士だった。小袖に袴姿で草鞋履きである。もうひとりは痩身で、牢人ふうだった。総髪である。のっぺりした顔で、細い目をしていた。黒鞘の大刀を一本、落し差しにしている。

「闘うしかない！」

新之丞が声を上げた。

前にひとり、背後からふたり。三人は挟み撃ちにする気で、きよたちを待っていたようだ。

三人はきよたちに近付いてくると、ひとりずつに分かれて、きよ、新之丞、植村の前に立ちふさがった。

「おのれ！」

植村が抜刀した。

つづいて、新之丞も刀を抜いた。

きよは懐剣の柄を手にしたまま、

「そなたたちは、何者です！」

と、甲走った声で誰何《すいか》した。きよの顔はこわばり、目がつり上がっている。

「立ち合いを所望！」

きよの前に立った大柄な武士が、声を上げた。三十がらみであろうか。赤ら顔で、ギョロリとした目をしている。

「立ち合いだと」

植村が驚いたような顔をした。

「いかにも、そこもとたちは、一刀流神谷道場の者とみた。われら兵法修行の者。一手、ご指南いただきたい」

大柄な武士が声を張り上げて言った。

すると、植村の前に立った痩身の牢人が抜刀した。牢人体だが、剣の遣い手らしい。着物の上からも、胸や手足はひきしまった筋肉でおおわれているのが見てとれた。剣の修行で鍛えた体であろう。

つづいて、きよと対峙《たいじ》した大柄な武士が刀を抜き、新之丞の前に立った中背で浅黒い顔をした武士も抜刀した。いずれも遣い手らしく、身構えに隙がなく腰が据わっている。

「立ち合いを所望するなら、まず、そこもとたちから名乗れ！」

植村が声を荒らげて誰何した。

「名乗るほどの者ではない」

痩身の牢人が、植村に切っ先をむけた。

「そなたらは、わたしらを襲う気で待っていたのですね」

きよは懐剣を右手で握ると、腰を沈めて切っ先を大柄な武士の喉元にむけた。

刀を手にした敵と対峙したときの小太刀の構えである。

新之丞は青眼に構えると、切っ先を中背の武士の左目につけた。腰の据わった隙のない構えである。ただ、体がすこし硬かった。真剣勝負の気の昂りで、体に力が入っているのだ。

対する中背の武士も青眼だった。やや低い青眼で、切っ先が新之丞の喉元につけられている。

植村は牢人の構えを見て、

……遣い手だ！

と、察知した。

痩身の牢人は、下段に構えていた。ゆったりとした構えで、体に力みがなかった。だらりと刀身を下げている。覇気のない身構えで、その場につっ立っているだけに見えたが、まったく隙がなかった。植村にむけられた細い目には、切っ先のような鋭いひかりが宿っていた。全身から痺《しび》れるような剣気がはなたれている。

対する植村は、八相に構えた。袈裟《けさ》に斬り込もうと思った。下段の構えだと、八相から袈裟への斬撃は受けづらいはずである。

植村と牢人の間合は、およそ四間。斬撃の間境からは、まだ遠かった。

「いくぞ！」

牢人が、足裏を擂《す》るようにしてジリジリと間合を狭めてきた。

構えがまったくくずれなかった。下段に下ろした刀身が青白いひかりを曳《ひ》いて、スーッと近付いてくる。

植村は動かなかった。気を鎮めて、牢人の斬撃の起こりをとらえようとしている。

牢人との間合がしだいに迫ってきた。それにつれ、ふたりの全身に気勢がみなぎり、斬撃の気配が高まってくる。

イヤアッ！

突如、植村が鋭い気合を発した。気合で牽制し、敵の気を乱そうとしたのである。

だが、牢人はまったく動じなかった。表情を変えず、寄り身もとめなかった。

牢人は斬撃の間境に迫るや否やしかけた。斬撃の気をはなち、つッ、と下段から刀身を一尺ほど上げ、切っ先を植村の腰のあたりにつけた。

……くる！

と、感知した植村の全身に斬撃の気がはしった。

タアッ！

裂帛《れっぱく》の気合とともに、植村が斬り込んだ。

八相から袈裟へ——。

刹那《せつな》、牢人の体が躍動し、下段から逆袈裟に斬り上げた。一瞬の反応である。

瞬間、シャッ！　と刀身が擦れるような音がひびき、青火が逆袈裟にはしった。植村の目に、闇を切り裂いた青白い火焔《かえん》のように映った。

次の瞬間、植村は右腕に焼き鏝《ごて》をあてられたような衝撃を感じ、反射的に後ろへ跳んだ。

「こ、これは！」

植村は驚愕《きょうがく》した。

右の二の腕が斬られ、着物が裂け、血が迸《ほとばし》り出ていた。牢人の太刀筋が迅《はや》く、植村の目にも見えなかったのである。

……深手だ！

右腕が下がったままで自在に動かなかった。腕を動かす筋まで、截断《せつだん》されたのかもしれない。

植村は刀を左手に持ったままさらに後じさった。

「火焔斬り……」

牢人がつぶやくような声で言った。

のっぺりした顔がかすかに紅潮し、双眸《そうぼう》が異様にひかっていた。うすい唇が血を含んだように赤く染まっている。

三

「菅井《すがい》、雪だぞ」

華町源九郎《はなまちげんくろう》が、戸口の腰高障子をあけて言った。

屋外は薄暗く、雪が降っていた。戸口の前の泥溝《どぶ》板や伝兵衛店《でんべえだな》の屋根に雪がちらちらと落ちてきている。

伝兵衛店は、本所相生町一丁目にあった。竪川沿いの通りから細い路地を入った先である。長屋の西側には回向院《えこういん》があり、長屋の前の路地からも回向院の堂塔の甍《いらか》や相輪などを見ることができた。

界隈《かいわい》では伝兵衛店と呼ぶ者はすくなく、はぐれ長屋と呼ばれていた。食いつめ牢人、その日暮らしの日傭《ひよう》取りや大道芸人、その道から挫折した職人など、はぐれ者が多く住んでいたからである。

源九郎と菅井紋太夫《もんだゆう》ははぐれ長屋の住人で、昼過ぎから長屋の源九郎の家で将棋を始めたのだ。

菅井は無類の将棋好きだった。暇があると、将棋盤をかかえて源九郎の許にやってきて対局をせがむのである。

菅井は五十路《いそじ》を過ぎていたが、独り身だった。おふさという牢人の娘といっしょになったのだが、おふさが病死した後、長屋で独り暮らしをつづけている。

ふだんは、両国広小路《ひろこうじ》で居合抜きを観せて暮らしをたてていた。今朝も、菅井は両国広小路に出かけたのだが、いまにも降ってきそうな空模様になったため、長屋に帰ってきたらしい。

菅井は肩まで伸びた総髪だった。痩せていて、頬の肉をえぐりとったように頬がこけている。顎がしゃくれ、般若《はんにゃ》のような顔をしていた。

一方、源九郎は還暦にちかい老齢だった。鬢《びん》や髷《まげ》は白髪が目立ち、顔には老人特有の肝斑《しみ》が浮いている。

源九郎は五尺七寸ほどの背丈があり、手足は太く腰もどっしりとしていた。丸顔ですこし垂れ目、いかにも人のいい好々爺《こうこうや》のような顔をしている。

源九郎は五十石取りの御家人だったが、妻が亡くなったのと倅の俊之介《しゅんのすけ》が君枝《きみえ》という嫁をもらったのを機に家督をゆずって家を出たのである。その後は、牢人としてはぐれ長屋で独り暮らしをつづけている。

源九郎の生業《なりわい》は貧乏牢人お定まりの傘張り、それも気が向いたときだけ仕事をする。とても、傘張りだけでは食っていけず、華町家からの合力で細々と暮らしていた。

源九郎の袷《あわせ》の肩口には継ぎ当てがあり、襟元は垢《あか》で黒ずんでいる。その上、無精髭や月代《さかやき》がだらしなく伸びていた。老いた貧乏牢人そのものである。

源九郎も菅井も、はぐれ長屋の住人にふさわしいはぐれ者かもしれない。

「華町、雪などめずらしくもあるまい。それより、将棋だ」

菅井は将棋盤を前にして胡座《あぐら》をかき、駒を並べ始めていた。

「まだ、やる気か」

源九郎があきれたような顔をして言った。

昼過ぎから、二刻（四時間）ほど指しつづけ、源九郎は飽きてきていたのだ。

それで、腰を伸ばしたい気持ちもあって、戸口まで出てきたのである。

「おれが、負け越しているからな。このままでは、終われん。……華町、さァ、こい」

菅井が将棋盤に目をむけたまま声を上げた。

「おまえ、勝ち越すまでやる気か」

これまで、三局指し、源九郎の二勝一敗だった。

「せめて、五分になるまでな」

「いつになるか、分からんぞ」

源九郎は戸口から離れ、将棋盤を前にして膝を折った。

「なに、今度はおれが勝つ。それで、五分ではないか」

「菅井、勝っても負けても、これで終わりだぞ」

しかたなく、源九郎も駒を並べ始めた。腹のなかでは、適当に指して負けてやるか、とも思った。

そのときだった。戸口に慌ただしく、走り寄る足音がひびき、ガラリ、と腰高障子があいた。

顔を出したのは、茂次《しげじ》だった。茂次も、はぐれ長屋の住人である。

茂次は研師《とぎし》だった。刀槍を研ぐ名のある研屋に弟子入りしたのだが、師匠と喧嘩して飛び出し、はぐれ長屋に住みついたのである。いまは長屋や路地をまわって、包丁、鋏《はさみ》、剃刀《かみそり》などを研いだり、鋸《のこぎり》の目立てなどをして暮らしていた。茂次もはぐれ者のひとりである。お梅《うめ》という幼馴染《おさななじみ》と所帯をもったが、子供はまだだった。

「だ、旦那、斬り合いだ!」

茂次は土間に飛び込んでくるなり声を上げた。

「騒がしいな。斬り合いより、将棋だ」

そう言って、菅井は将棋盤に目を落としたが、

「だれが、斬り合っているのだ」

と、源九郎が訊いた。

「だ、だれか知らねえが、侍が五人もいやす。それに、女がひとり」

茂次が戸口で足踏みしたまま、声をつまらせて言った。

「大勢だな」

源九郎は、ただごとではないと思った。

「女たちが、殺《や》られそうですぜ」

「場所はどこだ」

源九郎が腰を上げた。近ければ、行ってみようと思った。それに、将棋をやめ

るいい機会である。

「一ッ目橋のそばでさァ」

「近いな。よし、行ってみよう」

源九郎が声を上げた。

すると、菅井が慌てた様子で、

「お、おい、華町、将棋はどうするんだ」

と、顔をしかめて訊いた。

「将棋は後だ。将棋は、いつでもできるではないか」

源九郎は、部屋の隅に立て掛けてあった刀をつかんだ。

「しかたない。つづきは、明日にするか」

菅井も、立ち上がった。

源九郎たちが戸口から飛び出すと、まだちらちら雪が降っていた。その雪のなかを走って長屋の井戸端まで行くと、お熊《くま》とおとよが立ち話をしていた。水汲みにきてひっかかったようだ。

お熊は、源九郎の家の斜向《はす》かいに住む助造《すけぞう》という日傭取りの女房だった。おとよの亭主はぼてふりである。

「おや、どうしたんだい、そんなに慌てて」

お熊が源九郎たち三人に目をむけて訊いた。おとよも、驚いたような顔をしている。源九郎たち三人が雪のなかを走ってきたからだろう。

「斬り合いだ！　それも、六人で、だんびらを振りまわしてるんだ」

茂次が早口にしゃべりながら、通りへ出る路地木戸の方へ走った。源九郎と菅井がつづく。

「場所はどこだい」

お熊が大声で訊いた。

「一ッ目橋の近くだ！」

茂次が走りながら答えた。

源九郎たち三人の背に、「大変だよ！　斬り合いだって」「六人もで、斬り合ってるそうだよ！」というお熊とおとよの声が聞こえ、下駄の音がひびいた。ふたりの女は、水汲みを忘れて、長屋の方へ駆けていくようだ。長屋中に、触れ歩くにちがいない。

四

源九郎たちが竪川沿いの通りへ出て、一ッ目橋の方へすこし走ると、橋のたもと近くに人だかりができていた。

「旦那、あそこで」

走りながら茂次が人垣を指差した。

夕暮時のような薄闇のなかに、何人かが刀を手にして向かい合っている姿が見えた。刀身がきらめき、剣戟《けんげき》の音がひびいた。斬り合いは、まだつづいているらしい。

源九郎と菅井は、茂次につづいて走った。

源九郎の口から、ハア、ハアという荒い息の音が洩《も》れた。顎が上がり、腰がふらついている。源九郎は年をとったせいか、走るのが苦手だった。すぐに、息が上がり、足がもつれてくる。

「す、菅井、先に行け……」

源九郎が喘《あえ》ぎながら言った。

「よし、先に行くぞ」

菅井は茂次につづいて走った。菅井もかなりの歳だが、まだ源九郎より足腰は丈夫である。

菅井と茂次が人垣に近付くと、集まっている野次馬たちのなかから、「菅井の旦那だ!」「居合抜きの旦那だ!」「後ろから、華町の旦那も来るぞ」などという声が聞こえた。どうやら、菅井や源九郎のことを知っている者が何人かいるようだ。はぐれ長屋の住人かもしれない。

「どいてくれ!」

茂次が声をかけると、人垣が左右に割れて前があいた。刀を差している菅井を通そうとしているようだ。

菅井の目に、闘いの場が飛び込んできた。五人の男とひとりの女が、入り乱れて斬り合っている。

……ひとりやられたようだ!

と、菅井はみてとった。

武士がひとり、川岸近くの樹陰に立っていた。右腕を斬られたらしく、腕がだらりと垂れている。着物も裂け、血に染まっていた。左手で刀を持っていたが、構えられないらしく切っ先を下げたままである。

その武士の前に若い武士と、年配の女が刀と懐剣を構えていた。右腕を斬られた武士を守るように敵に切っ先をむけている。ふたりも、手傷を負っていた。若い武士は着物の肩から胸にかけて裂け、血が滲んでいた。女も左袖が裂けて、かすかに血の色がある。

ただ、ふたりとも深手ではないかもしれない。構えはしっかりしていたし、それほどの出血ではないようだ。

その三人に、小袖に袴姿の武士がふたり、総髪の牢人ふうの男がひとり、刀をむけていた。いずれも遣い手らしく、腰が据わり構えに隙がなかった。

……女たち三人に勝ち目はない！

と、菅井はみてとった。

このままでは、長くはもたないだろう。菅井は足早に闘いの場に近付いた。斬り合いをやめさせようと思ったのだ。事情は分からないが、目の前で女たちが斬り殺されるのは、見たくなかったのである。

菅井は闘いの場に近付いて女の顔に目をやったとき、

……おふさとそっくりだ！

と、思った。

懐剣を手にしている女が、死んだ菅井の妻のおふさとよく似ていたのだ。

おふさが死んだのは、十年ほど前である。おふさは三十代半ばで病にかかって亡くなったが、その面影はいまでも菅井の胸にはっきりと残っていた。目の前で懐剣を構えている女の顔がおふさに似ていた。面長で切れ長の目やちいさな唇などが、おふさにそっくりである。

ただ、女はひどくきつい顔をしていた。無理もない。女は懐剣を手にして、武士と斬り合っているのだ。

……まず、女を助けてやろう。

と、菅井は思った。

その女の前に立っていた大柄な武士が、足早に近付いてきた菅井を目にとめると、

「手出し無用！」

と、語気を強めて言った。

「おぬしらこそ、手を引け。……事情は知らぬが、ここは天下の大道だ。刀をふりまわしては、往来の邪魔になる」

菅井は武士と三間ほどの間合をとって足をとめた。まだ、居合の抜き付けの間

合の外である。

　菅井は相手の出かたによっては、居合を遣うつもりでいた。深手をあたえず、軽い傷ですませるのである。

　菅井は大道芸で居合を観せていたが、居合の腕は本物だった。田宮流《たみやりゅう》居合の遣い手であった。

「いらぬお節介をやくと、ただではすまぬぞ」

　そう言って、大柄の武士が菅井に体をむけた。口許に嘲笑《ちょうしょう》が浮いている。武士は、いかにも貧相でうらぶれた牢人体の菅井を見て侮《あなど》ったらしい。

「やるか」

　菅井は、左手で刀の鯉口を切り、右手を刀の柄に添えた。そして、居合腰に沈めて抜刀体勢をとった。

「居合か！」

　大柄の武士の顔に驚きの色が浮いた。菅井の抜刀体勢を見て、遣い手らしいとわかったらしい。

　だが、大柄な武士は身を引かなかった。自分も、腕に覚えがあったからである。

「おれの居合を受けてみるか」

菅井は、足裏を摺るようにして間合をつめた。居合の抜きつけの一刀をはなつ間合に踏み込もうとしたのだ。

「ま、待て、待て……」

そこへ、源九郎が駆け付けてきた。

肩で息をし、苦しそうにハア、ハアと荒い息を吐いている。

「なんだ、こんどは年寄りか」

大柄な武士の脇にいた総髪の牢人が、驚いたような顔をして言った。

「そ、双方とも、刀を引け！　こ、ここは、天下の大道……」

源九郎が、声をつまらせて言った。体をすこし屈め、顔を苦しげにゆがめている。源九郎は、まだ息が収まらなかった。

「ご老体、立っているのもやっとではないか。それでは、赤子の手もひねれぬぞ」

もうひとりの中背の武士が、揶揄《やゆ》するように言った。

「そうだな……。このままでは、刀も抜けんな」

待て、いま息を鎮める、そう言って、源九郎は大きく息を吸って吐いた。三度つづけると、いくらか息がととのってきた。足腰の震えも収まり、体がしゃっきりしてきた。

源九郎はあらためて刀に手をかけ、

「手を引かぬなら、相手をさせてもらうぞ」

そう言って、抜刀の気配を見せた。

「……！」

中背の武士が驚いたような顔をした。

源九郎の身構えに隙がなかった。どっしりと腰が据わり、立っている姿に剣の遣い手らしい偉容があったのである。

源九郎は老いてはいたが、鏡新明智流《きょうしんめいちりゅう》の遣い手であった。

鏡新明智流をひらいたのは桃井八郎左衛門《もものいはちろうざえもん》である。門人で養子の桃井春蔵《しゅんぞう》が二代目を継ぎ、南八丁堀、大富町《おおとみちょう》の蜊河岸《あさりがし》に道場を移した。その後、鏡新明智流の後継者は、代々桃井春蔵を名乗るようになった。

源九郎は十一歳のとき、三代目の桃井春蔵の門をたたいた。そのときも、鏡新明智流の道場は蜊河岸にあった。士学館《しがくかん》である。

源九郎は少年ながら、剣で身をたてようと思い、熱心に稽古に励んだ。剣の天稟もあったのか、二十歳を過ぎるころには士学館の俊英と謳われるほどに腕を上げた。

だが、父が病で倒れたのを機に家を継いだこともあり、源九郎は剣で身をたてることはできなかった。その後、月日が流れ、いまではぐれ長屋に住む傘張り牢人である。

「くるか！」

源九郎は刀に手をかけた。

「お、おのれ！」

中背の武士が、切っ先を源九郎にむけた。

そのとき、まわりに集まっていた野次馬たちから、源九郎と菅井に対して声援や歓声が上がり、三人の武士には罵声や野次が飛んだ。源九郎と菅井のことを知っている者がかなりいるようだ。それに、野次馬たちも女が斬られそうになっているのを見ていられなかったのかもしれない。

するといって、大柄な武士が後じさり、

「引け！　これで、十分だ」

と、ふたりの男に声をかけ、きびすを返した。そして、一ツ目橋の方へ走りだした。これを見た他のふたりも、刀を引っ提げたまま武士の後を追った。

三人の武士は、足早に一ツ目橋を渡っていく。

源九郎と菅井は、川岸に立っている三人に近付いた。

右腕を斬られた年配の武士が、

「か、かたじけない……」

と、声をつまらせて言った。顔が蒼ざめ、目がつり上がっている。右手は自由にならないらしく、だらりと垂れたままである。着物の袖はどっぷりと血を吸い、袂の端から血の滴が落ちていた。

「すぐに、血をとめた方がいいな」

源九郎は、腕や足の傷であっても大量の出血でひとが死ぬことを知っていた。

五

源九郎たちは、きよ、植村、新之丞の三人をはぐれ長屋に連れていくことにした。道場にもどすより、長屋で手当てした方が早いとみたのである。

源九郎は一ツ目橋の近くで植村に、町医者を呼んで手当てしてもらったらどうかと話すと、いっしょにいたきよがそうしてくれと頼んだので、茂次を東庵《とうあん》の許に走らせた。

東庵は相生町に住む町医者だった。東庵ははぐれ長屋に住む貧乏人も診てくれ、長屋の者たちは、医者の手にかからなければならないような重病や大怪我のおり、東庵を呼んでいたのである。

源九郎たちは長屋に着くと、集まってきたお熊やおとよなど女房連中に話し、長屋をまわって手桶や晒《さらし》などを集めさせた。東庵が植村たちの傷の手当てに使うだろうとみたのである。

源九郎の家に腰を落ち着け、いっときすると東庵が姿を見せた。茂次が東庵の薬箱を持っている。

東庵は座敷に座している植村の前に膝を折ると、

「刀傷か」

と、すぐに植村に訊いた。

植村は、ちいさくうなずいた。出血を押さえるため、右腕の付け根ちかくが手ぬぐいで強く縛ってあった。源九郎が現場で処置したのである。

「ともかく、傷を見てみよう。袖を切りとってくれ」

東庵が、その場にいた源九郎に目をむけて言った。

源九郎はすぐに小刀で、血に染まった植村の着物の袖を切りとった。植村は肘の二寸ほど上を横に斬り裂かれていた。腕は黒ずんだ血に染まり、露出した肌は赤紫色を帯びていた。傷口からの出血はまだつづいていたが、思ったよりすくなかった。腕の付け根の部分を強く縛って血がとめてあったからである。

「処置がよかったな。これなら、大事あるまい」

東庵は、さらに傷口に目をやり、

「どうだ、右腕は動くか」

と、植村に訊いた。

「それが、思うように動きません」

植村が困惑したように言った。

「骨は折れておらぬが、筋を斬られたようだ」

東庵が、小声で言った。

「東庵どの、このまま腕は動かないのでござるか」

植村の声に、悲痛のひびきがあった。右腕を失うと、剣が遣えなくなることを懸念しているようだ。

「いまのところ、何とも言えんな。まァ、すこしずつ回復するだろうが……」

東庵は語尾を濁した。東庵にも、はっきりしたことは分からないのだろう。

「うむ……」

植村の顔が困惑と苦渋にゆがんだ。

「ともかく、手当てをしよう」

そう言って、東庵は傷口の手当てを始めた。

傷口の汚れを酒に浸した布で拭き取り、折り畳んだ晒に金創膏《きんそうこう》をたっぷり塗って傷口にあてがった後、晒を腕にまわして傷口を強く縛った。ともかく、出血をとめようとしたらしい。

「後は腕を動かさぬようにすることだな」

東庵は植村につづいて、新之丞ときよの傷も手当てした。ふたりとも浅手だった。新之丞は肩先から胸にかけて、浅い傷を負っただけである。すでに、出血もほとんどとまっていた。きよは左の二の腕をわずかに斬られていたが、新之丞より軽傷で血はとまっている。

東庵は新之丞の傷の汚れを拭き取った後、晒を巻いたが、きよの場合は汚れをとっただけで、晒も巻かなかった。

「ふたりとも、たいしたことはない」

東庵が、小桶の水で手を洗いながら言った。

源九郎と菅井が東庵を戸口の外まで送り出すと、

「あの男の右腕だがな、はっきりしたことは言えんが、刀を振りまわせるほど回復するのはむずかしいな」

と、小声で言い置き、茂次を連れてその場を離れた。茂次が東庵を家まで送っていくことになっていたのだ。

源九郎と菅井が座敷にもどると、きよが畳に両手をつき、

「見ず知らずのわたしたちをお助けいただいた上に、このような手厚い手当てまでしていただき、お礼の申し上げようもございませぬ」

と言って、深々と頭を下げた。

植村と新之丞も、かたじけのうござる、と言って、源九郎たちに深く頭を下げた。

「き、きよどの、手を上げてくれ。傷に障るではないか」

菅井が慌てて言った。般若のような顔に赤みが差し、困惑したようにゆがんでいる。菅井の胸に、亡くなった妻のおふさのことがよぎったようだ。きよに、妙に気を使っている。

源九郎も、礼におよばぬ、と小声で言い添えた。

「いずれ、あらためてお礼にうかがいますが、今日のところは、これで失礼いたします」

そう言って、きよは植村と新之丞に目をやってから腰を上げようとした。

「これから、村松町へ帰られるのか」

菅井がきよに訊いた。

源九郎や菅井たちは、きよたちが日本橋村松町にある神谷道場へ帰る途中で襲われたことを聞いていたのだ。

「そのつもりです」

きよが立ち上がると、植村と新之丞もつづいた。

「送っていこう」

そう言って、菅井が立ち上がり、

「もう暗いし、途中きよどのたちを襲った三人の武士が待ち伏せしているかもしれんからな」

と、言い添えた。

「ですが、そこまで、お手をわずらわせたのでは……」

きよが、戸惑うような顔をした。

「なに、おれたちは暇でな。今夜は、もう寝るだけなのだ」

菅井が、そうだな、華町、と押しつけるように言った。

源九郎は、将棋をやるつもりではなかったのか、と思ったが、

「そのとおりだ」

と言って、源九郎も腰を上げた。夜遅くまで、将棋を付き合わされるよりいいかもしれないと思ったのである。

六

軒先から落ちる雨垂れの音が、絶え間なく聞こえていた。雨のようである。それほど寒くなかった。雪ではなく、雨なのは大気が暖かいせいであろう。

源九郎は夜具にくるまって寝ていたが、腹が減ってきたので身を起こした。部屋のなかは薄暗かったが、もう五ツ（午前八時）を過ぎているはずである。長屋が雨音につつまれているせいか、人声や物音はあまり聞こえてこなかった。

……仕方がない。めしを炊くか。

源九郎は、夜具を畳みながら思った。何か腹に入れないことには、眠ることも

できない。

畳んだ夜具を枕屏風の陰に押しやると、源九郎は皺《しわ》だらけの小袖の裾をたたいて伸ばした。昨夜、着替えるのが面倒だったので、寝間着に着替えずに寝てしまったのだ。

そのとき、ピシャ、ピシャ、と下駄で歩く足音が聞こえた。戸口の方へ近付いてくる。菅井らしい。

……めしを炊かずにすむかもしれんぞ。

源九郎は胸の内でほくそ笑んだ。

下駄の音は、戸口の前でとまった。すぐに、腰高障子があき、菅井が顔を出した。いつものように将棋盤と飯櫃《めしびつ》をかかえている。

「菅井、朝から何のようだ」

源九郎は、分かっていたがそう訊いてみた。

「雨の日は、将棋と決まっているだろうが」

菅井は当然のような顔をして土間に入ってきた。雨や雪の日は、両国広小路で居合抜きの見世物ができないので、源九郎の家に将棋を指しにくることが多かった。

「飯櫃のなかは、握りめしか」

源九郎が訊いた。

菅井は几帳面《きちょうめん》なところがあって、朝めしを抜いたりしない。朝も昨夜の残りのめしがなければ、ちゃんと炊くのである。

「そうだ。おまえの分もあるぞ」

言いながら、菅井は座敷に上がってきた。

「それはありがたい。茶でも淹《い》れようか。湯を沸かさねばならんが……」

「いい。それより、将棋だ。握りめしを食いながら、一局、いくか」

菅井が、上目遣いに源九郎を見ながら言った。

「いいな。よし、今日はじっくり勝負だな」

源九郎は、握りめしを馳走になるてまえ、二、三局はつきあってやろうと思った。

「じっくりと、勝負か」

菅井がニンマリして座敷のなかほどに腰を下ろし、膝先に将棋盤を置いた。飯櫃は、手を伸ばせばどちらに座ってもとどくように将棋盤の脇に置いた。

源九郎が飯櫃の蓋をとって見ると、なかに握りめしが四つ、それに薄く切ったたくわんが何枚も添えてあった。握りめしだけでなく、たくわんまで用意したようである。

「さァ、やるぞ」

菅井がさっそく駒を並べ始めた。

源九郎は将棋盤を前にして座ると、

「腹が減っては戦ができんからな」

そう言って、まず握りめしに手を伸ばした。

それから、半刻（一時間）ほどしたろうか。握りめしを食い終え、将棋の勝負が大詰めになってきたとき、戸口に近寄ってくる足音がした。三人ほどの足音である。

源九郎が将棋盤から目を離し、戸口の方へ目をやったとき、

「華町どのは、おられようか」

と、男の声がした。武家らしい物言いである。

「おい、だれだ」

源九郎が声をひそめて菅井に訊いた。聞き覚えのない声である。

「だれでもいい。いま、金《きん》をどうするか、考えているところではないか」

菅井が将棋盤を睨むように見据え、意気込んで言った。金で王手をするか、それとも飛車を取りにいくか。大事な局面である。しかも、形勢は菅井にかたむいているのだ。

「植村七兵衛にござる」

障子の向こうで、植村が言った。

つづいて、女の声がした。

「きよでございます。お礼にうかがいました」

「おい、きよどのたちがみえたぞ」

源九郎は、すぐに立ち上がった。

「なに、きよどのだと」

菅井も立ち上がった。手に金を握りしめたままである。

源九郎が土間に下りて腰高障子をあけると、土間の向こうに植村、きよ、それに新之丞の姿があった。三人は傘をさして、雨のなかに立っている。

「三人、おそろいか。入ってくれ」

源九郎が声をかけた。

「では、失礼いたす」

植村が傘をとじて土間へ入ってきた。植村の右腕には、まだ晒が巻いてあるようだった。傘をとじるときも右腕は使わず、そばにいる新之丞に手伝ってもらっている。右腕が自由に動かないようである。

源九郎たちが、植村たち三人を助けて七日過ぎていた。植村の傷口はふさがったようだが、右腕は刀をふるえるほど治っていないらしい。

きよと新之丞も傘をとじて、土間に入ってきた。ふたりは、傷をかばうような素振りを見せなかった。傷は癒えたのであろう。

菅井はきよたち三人が土間に入ったのを見ると、慌てて将棋盤を部屋の脇に運んだ。そのさい、駒が動いてどう並んでいたか分からなくなってしまったが、菅井は何も言わなかった。

「これは、よかった。菅井どのもおいでだ」

植村が菅井の姿を目にとめて言った。

きよと新之丞も菅井に目をむけて、ちいさく頭を下げた。菅井は照れたような顔をし、慌てて三人に頭を下げた。

七

きよたち三人は、座敷に上がって源九郎と菅井を前にして膝を折ると、

「そのせつは助けていただき、あらためてお礼もうしあげる」

植村がそう言って、源九郎と菅井に深々と頭を下げた。きよと新之丞も、源九郎たちに頭を下げた。

「ともかく、大事なくてよかった。……ところで、植村どの、腕の傷はどうかな」

源九郎があらためて訊いた。

「お蔭で、傷はふさがったようでござる。……ただ、まだ竹刀や木刀を振ることができないのだ」

と言って、顔を曇らせた。

きよと新之丞の顔にも、憂慮の翳《かげ》があった。植村の腕の傷を心配しているようだ。道場の門弟たちの指南にも支障があるのだろう。神谷道場では道場主が亡くなっているので、師範代の植村が中心になって門弟たちに指南していたにちがいない。

「実は、おふたりに、おりいってお頼みしたいことがございます」

きよが、声をあらためて言った。

「きよどの、頼みとは」

菅井がきよを見つめながら訊いた。すこし、顔が紅潮している。菅井の胸に、妻だったおふさのことがよぎったのかもしれない。ただし、菅井の胸の内のことは、源九郎に分からなかった。

「華町どのと菅井どのに、お力を貸していただきたいのです」

きよが、思いつめたような顔をして言った。

「どういうことかな」

源九郎が訊いた。

「わたしどもを襲った三人が、何者なのか。何のために、神谷道場の者を襲うのか。それをつきとめていただきたいのです。……それに、三人を討たねばならぬ場合、ご助勢いただければ、ありがたいのですが」

きよが、源九郎と菅井を見つめて言った。きよは女とは思えないひきしまった顔をしていた。きよが道場主ではないはずだが、神谷道場を守るために必死になっていることは確かである。

源九郎と菅井が戸惑うような顔をしていると、植村が口をひらいた。

「実は、襲われたのは、これで二度目でござる。一月ほど前、門弟の小坂定助なる者が、大川端でふたりの武士に襲われ、それがしと同じように右手に深手を負わされた」

「右手に深手を——。すると、同じ者の手で」

源九郎が訊いた。

「いかさま、小坂もそれがしの腕を斬った者の手にかかったらしい」

そこで、植村はすこし間をおいてから、

「そやつ、変わった剣を遣った」

と、低い声で言った。植村の双眸が、異様なひかりを帯びていた。剣客らしい凄《すご》みのある顔に変わっている。

「変わった剣とは」

源九郎が訊いた。菅井も、植村に目をむけている。

「火焔斬りと称するようだ」

植村によると、牢人が自ら火焔斬りと称したそうである。

「火焔斬りとな」

思わず、源九郎が聞き返した。

「……構えは下段。間合に入ってから、仕掛けてくる」

植村は、牢人と立ち合ったときのお互いの動きと太刀捌《さば》きをかいつまんで話した。

「相手の刀を擦り上げるとき、火花が出るのか」

源九郎が言った。

「おそらく……」

「それにしても、変わった剣だ」

闘ってみないとはっきりしないが、植村の言うとおり異様な剣らしい。いずれにしろ、牢人が遣い手であることはまちがいないだろう。

源九郎と菅井が黙考していると、

「華町どの、菅井どの、手を貸していただけないでしょうか」

きよが、真剣な顔をして言った。

「しかし、わしは見たとおりの年寄りだし、力になるどころか、足手纏《まと》いになるだけだが……」

源九郎が困惑したような顔をした。

菅井は黙したまま虚空を見すえている。

「いや、華町どのも菅井どのも剣の達者で、これまでも多くの難事を解決されてきたとの噂を聞いている」

植村が言った。

「うむ……」

確かに、源九郎たちはぐれ長屋の何人かは、長屋で起こった事件はもとより、無頼牢人に脅された商家を助けたり、勾引《かどわか》された御家人の娘を助け出して礼金をもらったりしてきた。そんな源九郎たちを、界隈の者たちははぐれ長屋の用心棒などと呼んでいた。

そのとき、むずかしい顔をして黙考していた菅井が、

「いいだろう。手を貸そう」

と、いきなり言った。

「おい、菅井、相手は遣い手が三人もいるのだぞ」

慌てて、源九郎が言った。

「乗りかかった船だ。きよどののためにも、手を貸そう。華町が嫌なら、おれひとりでもやる」

菅井が語気を強めて言った。

源九郎は、菅井のやつ、妙にはり切っている、と思ったが、

「分かった。おれも、やろう」

と仕方なく、承知した。

「かたじけのうございます。先日助けていただいた上に、さらにご助勢をしていただけることになり、なんとお礼を申してよいか……」

そう言いながら、きよは懐から折り畳んだ奉書紙を取り出し、

「些少《さしょう》でございますが、これは、わたしどものお礼の気持ちにございます」

と言って、源九郎の膝先に置いた。

「お気持ちだけで、結構でござる」

菅井がもっともらしい顔をして言った。

「ともかく、いただいておこう」

慌てて、源九郎は奉書紙に手を伸ばした。黙っていると、菅井が礼金をつっんだ奉書紙をそのまま返すのではないかと思ったのである。

それから、源九郎と菅井はきよたちから神谷道場の稽古の様子や大身の旗本の屋敷に出稽古にいっていることなどを聞いた。

源九郎はきよたち三人を送り出した後、菅井を前にして奉書紙をひらいてみた。小判が二十枚つつんであった。

「奮発したな」

菅井が言った。

「そうだな」

町道場にとって、二十両は大金である。菅井も、きよが苦労して二十両の金を工面したと思ったようだ。

「華町、きよどののためにも、襲撃した三人の正体をつきとめねばならんな」

菅井が顔をひきしめて言った。

「まァ、そうだ」

源九郎は、乗り気になれなかったが、二十両もらってしまったのだからやるしかないだろう。

八

本所、松坂町《まつざかちょう》に亀楽《きらく》という縄暖簾《なわのれん》を出した飲み屋があった。源九郎たちはぐれ長屋の男たちは、亀楽を溜まり場にしていた。

亀楽は元造《もとぞう》という寡黙な親爺とはぐれ長屋に住むおしずという四十がらみの女がいるだけの店で、肴《さかな》は煮染、漬物、それに煮魚や焼き魚ぐらいしかなかった。そんな店だが、酒は安価で長《なが》っ尻《ちり》しても文句は言わなかったし、源九郎たちの都合を聞いて、貸し切りにもしてくれた。そうしたことがあって、源九郎たちは亀楽を贔屓《ひいき》にしていたのである。

その日、亀楽に集まっていたのは、源九郎、菅井、茂次、孫六《まごろく》、三太郎《さんたろう》、それにおしずの倅の平太《へいた》である。

「ヒッヒヒ……。華町の旦那、何かいいことがありましたかい」

孫六が、奇妙な笑い声を洩らしながら源九郎に訊いた。

「話は、一杯飲んでからだ」

そう言って、源九郎が銚子を取った。

「こいつは、すまねえ」

孫六が猪口《ちょく》で酒をついでもらいながら、嬉しそうに目を細めた。

孫六は還暦を過ぎてだいぶ経つ年寄りだった。源九郎より、何歳も年上である。

年をとる前は、番場町《ばんばちょう》の親分と呼ばれた腕利きの岡っ引きだったが、いまは隠居し、はぐれ長屋に住む娘夫婦の世話になっている。

小柄で浅黒い顔をしていた。丸い小さな目で、小鼻が張っている。愛嬌のある狸のような顔である。背がすこしまがり、中風をわずらったことがあって、すこし左足が不自由だった。

孫六は酒に目がなかったが、娘夫婦に遠慮してあまり外で飲む機会はなかった。そうしたこともあって、源九郎たちと亀楽で飲むのをことのほか楽しみにしていたのである。

「三太郎も、飲んでくれ」

源九郎は三太郎にも銚子をむけた。

「へえ……」

三太郎は照れたような顔をして猪口を差し出した。

三太郎は無口だった。妙に顔が長く、青白い肌をしていた。顎が大きいこともあって、青瓢箪《あおびょうたん》のような顔付きである。

三太郎は砂絵描きを生業にしていた。砂絵描きは、染め粉で着色した砂を色別に袋に入れて持ち歩き、綺麗に掃いた地面に水を撒《ま》き、その上に色別の砂を垂らして絵を描く見世物である。三太郎は、人出の多い寺社の門前や広小路に出かけて砂絵を描いて銭をもらい、それで暮らしをたてていたのである。

源九郎たちは酒をつぎあって、いっとき喉をうるおした後、

「一ッ目橋のそばで、侍が斬り合った話を聞いているかな」

と、源九郎が切り出した。

「知ってやすぜ」

すぐに、平太が声を上げた。

平太は、まだ十五歳だった。集まっている男たちのなかでは、飛び抜けて若い。平太の兄の益吉《ますきち》が事件に巻き込まれて殺されたとき、平太は源九郎たちといっしょになって下手人をつきとめ、兄の敵を討ったのである。その後、源九郎たちが事件にかかわると、平太も顔を出すようになったのだ。

平太は、孫六や源九郎と付き合いのある浅草諏訪町《すわちょう》に住む栄造《えいぞう》という岡っ引きの手先をしていた。ただ、下っ引きでは暮らしていけないので、ふだんは鳶《とび》の仕事をしている。平太は、とりわけ身軽で足が速かった。それで、仲間うちでは、すっとび平太と呼ばれている。

「華町の旦那と菅井の旦那が駆け付けて、襲われた三人を助けたのよ」

茂次が、言い添えた。

「実は、そのとき助太刀した三人が、昨日、わしの家に来てな。菅井とわしに、頼んだのだ。……襲った三人の正体をつきとめてくれとな」

源九郎は、三人の正体をつきとめるだけで済むとは思わなかったが、とりあえずそこから始めるしかなかった。

「華町の旦那、それだけじゃァ、雲をつかむような話ですぜ」

孫六が、猪口を手にしたまま言った。すでに、酒気がまわっているらしく赤い顔をしていたが、岡っ引きだったころの物言いである。

「もっともだ。その前に、襲われた三人のことを話しておくか」

そう言って、源九郎は、きよ、新之丞、植村の名と神谷道場のことを話した。そして、同じ下手人と思われる男に神谷道場の小坂という門弟も、深川清住町の大川端で襲われたことを言い添えた。

「それでな、襲った三人だが、辻斬りや追剝《おいは》ぎの類ではないようだ。神谷道場の者を狙っていることは、まちがいない。……とりあえず、神谷道場の周辺から聞き込んでみるしかないな」

「聞き込みですかい」

孫六がもっともらしい顔をして言った。

「どうだ、やるか」

源九郎が男たちに視線をまわして訊いた。

「へえ……」

茂次が乗り気でないような返事をした。三太郎も平太も黙っている。無理もない。相手は武士たちで、しかも裏には剣術道場の揉《も》め事があるらしいのだ。茂次や三太郎たちには、荷の重い相手であろう。

「むろん、ただではない。神谷道場から、二十両もらっている。みんながやるなら、ひとり頭三両、残りの二両は六人の酒代にしようかと思うのだがな」

源九郎たちは、これまでも事件にかかわって手にした依頼金や礼金などは、六人で同じように分けていたのだ。

「三両か。……それだけありゃァ、当分酒代の心配はしねえですむな」

孫六が目をひからせて言ったが、茂次や三太郎は口をとじていた。迷っているらしい。

するとと、黙って聞いていた菅井が、

「おれは、ひとりでもやるぞ。剣術道場をひらいている者が、おれたち長屋の者に頭を下げて頼みに来たのだ。……めったにあることではないぞ。ここで尻込みしたら、世間のやつらは、おれたちのことをやっぱりはぐれ者だと言って笑い者にするぞ」

と、茂次たちを睨むように見すえて言った。

「菅井の旦那の言うとおりだ。あっしは、やりやすぜ」

平太が、声を上げた。

「おれも、やるぞ」

と、孫六。

すると、茂次と三太郎も、おれもやる、と言い出した。

「よし、これで決まりだ」

源九郎は、懐から財布を取り出した。

# 第二章　うつけ者

## 一

道場内に、気合、竹刀を打ち合う音、床を踏む音などが耳を聾するほどひびいていた。

神谷道場は、源九郎が思っていたより大きかった。ひろい道場で、門弟たちが四十人ほど稽古をしている。

いま、八人が道場の中ほどで防具を身に付け、竹刀で打ち合っていた。遣い手が四人道場内に立って、門弟たちに竹刀を遣った打ち込み稽古をさせていた。他の門弟たちは、防具を付け、竹刀を手にして、道場の片側に立ち並んでいる。門弟四人の打ち込み稽古が終わるのを待っているのだ。

「いい稽古だ」

源九郎が声を大きくして言った。ちいさな声では、稽古の音に掻《か》き消されてしまうのだ。

源九郎、菅井、植村、きよの四人は師範座所に座して、門弟たちの稽古の様子を見ていた。

指南している四人の遣い手のなかには、新之丞の姿もあった。若いがなかなかの遣い手である。それに、もうひとりの高弟が目に付いた。門弟のなかでは植村や小坂に次ぐ遣い手の江川益次郎《えがわますじろう》である。師範代の植村が稽古できないので、いまは江川が師範代役を引き受けているらしい。

この日、源九郎と菅井はあらためて神谷道場の様子を訊《き》くために、村松町へ足を運んできたのだ。それというのも、源九郎は植村たちを襲った三人と神谷道場との間で何か確執があるのではないかとみたからである。それに、源九郎と菅井の胸の内には、三人はさらに門弟を襲撃するのではないかという懸念があった。

「いや、稽古に活気がござらぬ」

植村が低い声で言った。顔に、苦渋の表情がある。

植村が話したことによると、いつもは六十人ほどの門弟が稽古しているという。それに、門弟たちにも、ふだんの意気込みが見られないそうだ。

「やはり、小坂につづいて植村どのが襲われて怪我を負ったことが、影を落としているのでございましょう」

きよが、言い添えた。きよの顔にも、憂慮の翳《かげ》がある。

「そうかもしれませんな」

源九郎が小声で言った。門弟たちにとっても、道場を代表するようなふたりの遣い手が襲われ、大怪我を負ったことは大変な衝撃だったにちがいない。

それから源九郎たちは、小半刻（三十分）ほど稽古を見て腰を上げた。

きよが、おふたりに、お話ししておきたいことがあると言って、道場の裏手にある母屋に連れていったのだ。

源九郎、菅井、植村、きよの四人は、母屋の座敷に腰を下ろした。そこは、庭に面した座敷で、客間にもなっているらしい。

「このところ、門弟がだいぶやめたのです」

きよが、そう切り出して話した。

二年ほど前、道場主だった神谷が病死し、その後は師範代の植村や新之丞が中心になって道場を支えてきたという。

そうしたなか、若手の俊英として名の高かった小坂が何者かに襲われて右腕を斬られ、竹刀を握ることもままならなくなった。そして、こんどは植村が小坂と同じように腕を斬られて稽古をすることができなくなってしまったのだ。

「そのため、神谷道場の剣はたいしたことがなく、次々に立ち合いに敗れて指南する者もいなくなったとの評判がたったようです。……そうしたこともあって、ここにきて門弟がひとりやめ、ふたりやめて、稽古にも活気がみられなくなったのでございます」

きよが、眉宇《びう》を寄せて言った。

「うむ……」

源九郎は、神谷道場の現況がよく分かった。江戸の町には、剣術の町道場が多い。門弟たちも、評判の高い道場に集まる傾向がある。ところが、いまの神谷道場は一門を背負って立っている新之丞があまりに若く、まだ道場主の実力も重みもなかった。そこへもってきて、道場を支えてきた植村が道場に立てなくなったら、門弟が離れていくのも当然である。

「ただ、神谷道場には、道場主にふさわしいお方がいるのだ」

植村が声をあらためて言った。

「だれです」

菅井が訊いた。

「ご嫡男の宗之助どのです」

植村によると、宗之助は十七、八のころから出色の遣い手として知られ、三年ほど前に父にならって廻国修行の旅に出たという。

「実は、宗之助を小田原で見かけた者がおりました。わたしどもは、その者の話を聞くために本所緑町へ出かけ、その帰りに一ツ目橋の近くで襲われたのです」

きよが、植村につづいて話した。その顔から憂慮の翳が消え、我が子を想う母親らしい表情が垣間《かいま》見えた。

「宗之助どのは、江戸に帰られたのかな」

源九郎が訊いた。

「それが、まだ行方が知れないのです」

きよの顔に、また心配そうな表情が浮いた。

「いずれにしろ、宗之助どのがもどられて道場を継いでくれれば、盛り返すことができるはずだ」

植村が断言するように言った。

「うむ……」

源九郎は何とも言えなかった。宗之助という男のことをまったく知らないのである。

次に口をひらく者がなく、座敷が沈黙につつまれたとき、

「ところで、植村どのたちを襲った三人だが、心当たりはないのか」

菅井が植村に訊いた。すでに、はぐれ長屋で植村たちの手当てをした後、そのことは訊いていたが念を押したらしい。

「それが、ないのだ」

植村によると、先に襲われた小坂にも覚えはないという。

「植村どのと小坂どのに覚えがないとすれば、神谷道場の門弟ならだれでもよかったということになりそうだが……」

源九郎は首をひねった。どうにも、腑に落ちないのだ。

「われらも道場の門弟を狙ったとみているのだが、何者なのか、分からないのだ」

「三人とも遣い手らしかった。それに、ふたりは牢人ではないらしい。……他道場の者ではないかかな」

源九郎は、道場間の対立はないか匂わせたのである。

「おふたりもご存じかと思うが、どこの道場でも、評判を競い合っているようなところはあります。かといって、他道場の門弟を襲ってまでは……」

植村が語尾を濁した。そこまで、やるとは思えないのだろう。

そのとき、黙って聞いていたきよが、

「佐賀《さが》さまの件でしょうかね」

と、つぶやくような声で言った。

「佐賀さまとは」

源九郎が訊いた。

「旗本の佐賀備前守《びぜんのかみ》さまです」

植村によると、佐賀備前守定盛《さだもり》は五千石の大身で現在、御側衆の要職にあるという。その佐賀家の用人、前川寛兵衛《まえかわかんべえ》が数年前まで神谷道場の門弟だった縁で、神田錦町《にしきちょう》にある佐賀家の屋敷に、出稽古に行くことがあるという。定盛の嫡男、紀之助《よしのすけ》と次男、慶次郎《けいじろう》のふたりに、剣術の手解きをしているそうだ。家臣たちのなかにも指南を望む者がいるので、植村たちは何人か門弟を連れて月に一度は佐賀家を訪れているという。

「それで？」

源九郎が話の先をうながした。

「実は、他の道場でも、佐賀家の出稽古を望み、家臣に働きかけているとの噂を耳にしたことがあるのです。あるいは、その道場が神谷道場の評判を落とそうとして……」

植村は語尾を濁した。推測に過ぎないからであろう。

「他の道場だが、名は分かるのか」

源九郎が訊いた。

「本郷にある脇坂《わきさか》道場と聞いたが、ただ、噂を耳にしただけなのでな」

植村は言いにくそうな顔をした。はっきりしないので、他の道場の悪口は言いたくないようだ。

「脇坂道場というと、神道無念流《しんとうむねんりゅう》か」

源九郎は脇坂源十郎《げんじゅうろう》という遣い手が本郷で神道無念流の道場をひらいていると聞いた覚えがあった。

菅井も、脇坂道場のことは聞いている、と小声で言った。

神道無念流の流祖は福井平右衛門《ふくいへいえもん》である。江戸では、神道無念流の斎藤弥九郎《さいとうやくろう》の道場、練兵館《れんぺいかん》が高名だった。九段坂下にあった練兵館は、北辰《ほくしん》一刀流、千葉《ちば》周作《しゅうさく》の玄武館《げんぶかん》、鏡新明智流、桃井春蔵の士学館と並び、江戸の三大道場と謳《うた》われ、多くの門弟を集めていた。脇坂は練兵館で修行し、独立して本郷に町道場をひらいたのであろう。

「それで、植村どのたちを襲った三人のなかに、脇坂道場の者はいたのか」

源九郎が言った。

「分からん。……それに、三人とも見覚えのない顔だった」

植村によると、新之丞も小坂も見覚えはないという。

「いずれ、見えてこよう」

源九郎は、脇坂道場を探ってみる必要があるような気がした。

二

「菅井の旦那に、何かあったのかい」

源九郎が井戸端で顔を洗っていると、お熊が訊いた。お熊は水汲みにきたらしく、手桶を提げていた。

お熊は源九郎の家の斜向《はす》かいに住んでいることもあって、ときどき煮染を余分に作ってとどけてくれたり、握りめしを持ってきてくれたりする。歳は四十半ばで、でっぷりと太っていた。洒落《しやれ》っ気などまったくなく、襟元をひろげて平気で乳房などを見せているが、心根はやさしく、独り住まいの源九郎を気遣ってくれるのだ。

「菅井がどうかしたか」

源九郎は、濡れた顔を手ぬぐいで拭きながら訊いた。

「ちかごろ、長屋の脇の空き地で木刀を振ってるようだよ」

お熊が、上目遣いに源九郎を見ながら言った。

「独りでか」

長屋の脇に狭い空き地があり、子供の遊び場になっていた。菅井はその空き地で、木刀を振っているようだ。おそらく、木刀を遣って居合の稽古でもしているのだろう。

「独りだよ。……昨日なんか、暗くなってもやってたよ。どうしちゃったんだろうねえ。まさか、気が触れたんじゃァないだろうね」

お熊は小首をかしげた。

「居合の稽古だろうよ。見世物とはいえ、稽古を怠っていると腕がにぶるからな」

そう言ったが、源九郎は思い当たることがあった。

源九郎と菅井が神谷道場に行き、きよや植村と話してから道場にもどったとき、門弟たちの要望で、菅井が居合を抜いて見せたのだ。

菅井の居合の精妙さに門弟たちだけでなくきよや新之丞も感嘆し、手がすいたときでいいから、道場に来て稽古をつけてくれと懇願された。

菅井は困惑したような顔をしていたが、内心まんざらでもないらしく、都合がついたら道場で門弟たちに居合の手解きをすることを承知したのだ。

その後十日経ち、この間、菅井はひとりで三度神谷道場へ出かけていた。源九郎は行かなかったが、門弟たちに居合の指南をしたのだろう。

……あやつ、道場で持ち上げられていい気になっておるな。

源九郎は、菅井の胸の内が読めた。菅井は、さらにいいところを見せようとして居合の稽古をしているにちがいない。

「菅井の旦那、今朝も空き地に出かけたようだよ」

お熊によると、菅井が木刀と刀を手にして空き地に向かうのを目にしたという。

「いいことではないか。……将棋より、稽古の方が大事だからな」

そう言って、源九郎は手ぬぐいをひっかけ、家の方へ歩きだした。

そのとき背後で足音が聞こえ、

「華町どの！」

と、呼ぶ声が聞こえた。

振り返ると、路地木戸の方から近付いてくるふたりの武士の姿が見えた。ひとりは、新之丞で、もうひとりは牢人ふうの男である。いや、牢人というより、廻国修行でもしている兵法者のような恰好《かっこう》だった。陽に灼《や》けた浅黒い顔をし、月代《さかやき》や無精髭が伸びていた。着古した小袖とたっつけ袴である。

ふたりは、足早に源九郎に近付いてきた。

「華町どの、兄です」

新之丞が、声を上げた。嬉しげな顔をしている。

「神谷宗之助にござる」

宗之助が照れたような顔をして名乗った。

「宗之助どのか……」

廻国修行に出ていたという神谷家の嫡男である。廻国修行から帰ってきたようだ。

言われて見れば、面立ちが新之丞に似ていた。ただ、その身装《みなり》に反して、剣客らしからぬおだやかな顔をしていた。優しそうな顔立ちで、ひともよさそうだった。すこし目尻が垂れ、口許に笑みが浮いているせいかもしれない。悪く言えば、しまりのない間の抜けた感じがする。

「昨日、道場に帰ってきたのです」

新之丞が言うと、

「いろいろ世話になったそうで、それがしからも、お礼をもうしあげる」

宗之助が照れたように笑いながら頭を下げた。物言いも、遣い手の剣客らしくなかった。軽薄で、うつけ者のような感じさえする。

「菅井どのは」

新之丞が訊いた。

「近くの空き地で、木刀の素振りをしているはずだが……」

源九郎は語尾を濁した。お熊の話を聞いただけで、菅井が木刀を振っている姿を見ていなかったのだ。

「菅井どのは、田宮流居合の達者と聞きましたが」

宗之助が小声で訊いた。顔の笑みが消えていた。一瞬、剣客らしいけわしい表情がよぎったが、すぐに間の抜けた顔付きにもどった。

「なかなかの腕だな」

源九郎にとって、菅井は身内のような存在なので、達者とは言えなかったのである。

「ご挨拶かたがた、菅井どのの居合を見せていただきたいのだが」

宗之助が、照れたような顔をして言った。

「行ってみるか」

「はい」

新之丞が答えた。

源九郎は、宗之助と新之丞を空き地に連れていった。

菅井が木刀を振っていた。まだ、居合の稽古は始めてないようだ。木刀を十分に振って、体をほぐしてから、抜刀の稽古を始めるのだろう。

源九郎たちが菅井に近付くと、足音を聞き付けたらしく、菅井が木刀を下ろして振り返った。

菅井は宗之助を見て驚いたような顔をしたが、

「兄です。昨日、旅からもどったのです」

と新之丞が言うと、菅井は納得したらしくちいさくうなずいた。

宗之助は、新之丞たちが助けてもらったことや道場で稽古をつけてくれたことなどを口にして、菅井に礼を述べた後、

「どうであろう、居合を見せていただけぬか」

と、顔の笑みを消して言った。

「居合など見てもつまらんぞ」

菅井は気のない返事をした。

「それがし、菅井どのの居合を受けてみたいのだ。旅で修行した技が、菅井どのの居合に通じるかどうか……」

宗之助の顔がひきしまった。すこし目尻の垂れた双眸《そうぼう》に、強いひかりが宿っている。

「おもしろい」

菅井の顔もけわしくなった。細い目に、切っ先のような鋭いひかりがある。ふたりとも、剣客として己の技を試してみたい気が強いようだ。

「では、一手、ご指南を」

宗之助は菅井に一礼して間合をとった。

三
「わしが、検分役をやろう」

源九郎が、菅井と宗之助のなかほどに立った。新之丞は空き地の隅に身を引いている。

菅井と宗之助の間合は、およそ四間──。

菅井は刀を腰に差して立っていた。まだ、抜刀体勢をとっていない。対する宗之助は、菅井が遣っていた木刀を手にしていた。真剣勝負というわけにはいかなかったのだ。菅井は居合なので真剣を遣うが、宗之助を斬るようなことはないはずである。

「では、まいる」

宗之助が木刀を青眼に構えた。

すぐに、菅井は左手で鍔元《つばもと》を握って鯉口を切ると、右手を柄に添えて居合腰に沈めた。居合の抜刀体勢をとったのである。

宗之助はゆっくりとした動作で木刀を下段に下げ、切っ先を後ろに引いた。刀身を下げた低い脇構えである。

……妙な構えだ。

と、菅井は思った。

脇構えらしいが、菅井の目には構えというより、宗之助がただ立って木刀を下げているだけに見えた。身構えに闘気が感じられず、顔も眠っているように表情がない。それに、木刀を下げて後ろに引いているので、柄の近くしか見えなかった。

「柳枝《りゅうし》の構えでござる」

宗之助がつぶやくような声で言った。

……柳の枝か。

菅井は、宗之助の身構えから、風に逆らわずに揺れる柳の枝のような構えだろうと察知した。

おそらく、宗之助は先に仕掛けるのではなく、菅井の動きに応じて打ち込んでくるにちがいない。応じ技である。

……ならば、先に抜かせてもらうか。

菅井の遣う居合は迅《はや》さが命である。菅井の抜刀が迅ければ、宗之助は反応できないはずである。

菅井は、足裏を摺《す》るようにしてジリジリと間合をせばめ始めた。対する宗之助は動かなかった。木刀を垂らしたまま、眠っているような表情で立っている。

ふたりの間合が狭まるにつれ、菅井の全身に気勢が満ち、抜刀の気配がみなぎってきた。

……あと、一尺。

菅井は間合が一尺せばまれば、居合の抜きつけの一刀の切っ先が宗之助にとどく、と読んだ。

さらに、菅井が一歩踏み込んだ。そのとき、宗之助がわずかに身を引いた。ほんの二、三寸だったろう。宗之助の構えも、顔の表情もまったく変わらなかった。菅井でなかったら、身を引いたことに気付かなかっただろう。

……絶妙な間積もりだ！

と、菅井は思った。

菅井が抜き付けの一刀をはなてば、切っ先がとどく間合である。だが、宗之助がわずかに上体を後ろにそらせただけで、菅井の切っ先は空を切るだろう。

……ならば、踏み込んで抜く。

菅井は抜刀体勢に気勢をみなぎらせた。全身から痺《しび》れるような剣気がはなたれた瞬間、抜刀の気がはしった。

イヤアッ!

裂帛《れっぱく》の気合と同時に、菅井が半歩踏み込みざま抜き付けた。

シャッ、という刀身の鞘走る音とともに、菅井の鍔元から閃光《せんこう》が逆袈裟《ぎゃくげさ》にはしった。稲妻のような抜きつけの一刀である。

刹那《せつな》、宗之助は身を後ろにそらせながら、木刀を横に払った。

菅井の切っ先が、宗之助の胸元をかすめた後、木刀と刀身のはじき合うにぶい音がし、菅井の刀身が大きく流れた。

次の瞬間、ヤッ! という短い気合を発し、宗之助が斬り込んだ。木刀をかえしざま、真っ向へ。神速の太刀捌《さば》きである。

……迅い!

菅井の目にも、宗之助の太刀筋が見えなかったほどである。

ピタリ、と宗之助の木刀が、菅井の眉間の手前でとまった。眉間と木刀の間は一寸ほど。まさに、寸止めである。宗之助は手の内を絞って木刀をとめたのである。

瞬間、菅井は背後に跳んで、刀を鞘に納めていた。抜くのも迅いが、納刀も迅い。居合は納刀の迅さも腕のうちである。

「みごとだ。おれの負けだな」

菅井が言った。菅井の顔に驚愕《きょうがく》の色があった。

「いや、それがしが後れをとった」

宗之助が目を細めて言った。その顔から剣客らしい凄《すご》みは消えていた。どこか間の抜けたような顔付きになっている。

「相打ちだな」

源九郎が言った。

菅井が半歩でなく一歩踏み込めば、切っ先は宗之助の胸をとらえていたはずである。菅井は、それを承知で踏み込みを浅くしたのだ。

一方、宗之助も菅井が抜刀した瞬間をとらえれば、もっと速く菅井の刀をはじけたかもしれない。宗之助は菅井の切っ先がとどかないと見切って、わずかに打ち込みの起こりを遅くしたのである。

「それにしても、見事な太刀だ。……廻国修行で会得したのだな」

菅井が宗之助に身を寄せて訊いた。

「いや、いや、会得などと……。うつけ者が、刀を振りまわしているだけでござる」

宗之助が照れたような顔をして、顔を赭黒《あかぐろ》く染めた。

「宗之助どの、今後は道場に腰を落ち着けるのだな」

源九郎は、宗之助なら神谷道場をやっていけるだろうと思った。

「そ、それはまだ、なんとも……」

宗之助が声をつまらせて言った。

すると、脇に立っていた新之丞が、

「兄上に、道場を継いでもらいます。母上も、植村どのもそのつもりで待っていたのですから」

と、声を強くして言った。

「それがいいな」

源九郎も、宗之助が道場主に収まれば、神谷道場にも門弟が集まるのではないかと思った。

## 四

「どうだ、一杯、飲むか」

源九郎が、孫六と茂次に目をやって訊いた。

源九郎の家だった。めずらしく源九郎は自分で夕めしを炊き、めしを食い終えて茶を飲んでいたとき、孫六と茂次が顔を出したのだ。

ふたりとも冴えない顔をしていた。それで、源九郎はふたりから話を聞く前に一杯やろうかと思ったのである。幸い、貧乏徳利にだいぶ酒が残っていた。三人で飲むくらいはあるだろう。足りなくなれば、亀楽に繰り出してもいい。

「ヘッへへ……。ごっそうになりやす」

孫六が首をすくめながら言うと、茂次もうなずいた。

三人の湯飲みはなかったので、源九郎は飯茶碗を使うことにした。貧乏徳利で三人の膝先に置いた湯飲みや飯茶碗に酒をつぎ、それぞれが喉をうるおした後、

「それで、何か知れたのか」

と、源九郎が訊いた。孫六や茂次は、きよたちを襲った三人のことを探っていたのである。

「それが、尻尾《しっぽ》もつかめねえんでさァ」

孫六が渋い顔をして言った。

「どこを探ったのだ」

「平太とふたりで、襲われた場所の近くで聞き込んだんで」

孫六は、きよたち三人が襲われた一ツ目橋近くと小坂が襲われた清住町の大川端を歩いて、まず、斬り合いを見た者を探したという。

「見た者は大勢いやした。なかに、両方の斬り合いを目にした者がいやしてね。そいつに訊いてみたら、清住町で襲ったふたりが、一ツ目橋の方にもいたそうでさァ」

「やはり、同じ男か」

源九郎も植村たちもそうみていたが、これではっきりしたわけである。

「あっしと平太は、三人の名と塒《ねぐら》を知ってる者がいねえか探したんですがね。ひとりもみつからねえ」

孫六が渋い顔をしたまま、グビグビと喉を鳴らして湯飲みの酒を飲んだ。

「それで、町方はどうだ。探っているのか」

源九郎は念のために訊いてみた。

「まったく、動いてねえ」

孫六は湯飲みを手にしたまま言った。

「そうだろうな」

斬り合いで深手を負ったとはいえ、町奉行所の支配外である武士の斬り合いだった。しかも、辻斬りや喧嘩ともちがう剣の上の立ち合いとみることもできる。そうしたこともあって、町方が探索に乗り出すとは、思えなかったのである。

「茂次の方はどうだ」

源九郎は、茂次に目をむけて訊いた。

「あっしの方も、無駄骨でさァ」

茂次は三太郎とふたりで、村松町に出かけ神谷道場の周辺で聞き込んだという。

茂次たちは、きよたちを襲った三人の人相や年格好を話して訊いたが、それらしい男は浮かんでこなかった。

「やはりそうか」

源九郎は、植村や新之丞たち神谷道場の者でさえ知らないのだから、近所に住む者も知らないだろうとはみていた。それでも、念のために茂次たちに当たってもらったのである。

「ちょいと、気になることを聞き込んだんですがね」

茂次が声をあらためて言った。

「なんだ」

「道場の近くにあった下駄屋の親爺から耳にしたんですがね。神谷道場のことを、しつこく訊いていった者がいたそうでさァ」

「武士か」

源九郎は、きよたち三人を襲った三人のうちのだれかではないかと思った。

「へい、それが丸顔で、ほっそりした武士らしいんで」

「襲った三人ではないのか」

「ちがうようです」

すぐに、茂次が答えた。

「うむ……」

「そいつは、神谷道場の植村さまや新之丞さま、それに門弟の小坂さまのことを訊いていたそうで」

「三人とも、神谷道場では遣い手として名がとおっていた者だ」

宗之助が帰る前は、その三人が道場を支えていたといえる。

「そいつも、仲間かもしれねえ」

茂次が低い声で言った。

「わしも、そうみるな。……そやつが、植村どのや小坂どのを探り、襲った三人に話したのかもしれん」

「てえことは、相手は四人だな」

「四人だけではないかもしれんぞ」

四人は実行役ではあるまいか。源九郎は、四人の背後に大物がひそんでいるような気がした。

「それで、どう探りやすか」

茂次が声をあらためて訊いた。

孫六も、湯飲みを手にしたまま源九郎に顔をむけている。

「そうだな。他の道場を探ってみるか」

源九郎は、此度《こたび》の件の裏には道場間の争いがあるような気がしていた。

「他の道場と、いいやすと」

「本郷にある脇坂道場だ」

源九郎は植村が話していた脇坂道場のことが気になっていたのだ。

「脇坂道場ねえ」

茂次が首をひねった。おそらく、初めて耳にする道場だったのだろう。

「わしも行こうか」

源九郎は、自分の目で道場を見てみたいと思った。

「旦那が行くなら、あっしがお供しやすぜ」

孫六が身を乗り出すようにして言った。

## 五

源九郎と孫六は、はぐれ長屋を出ると大川の方に足をむけた。これからふたりで、本郷まで行くつもりだった。脇坂道場を探ってみようと思ったのである。

源九郎が探索に当たることはあまりなかったが、出かけるときは孫六といっしょに行くことが多かった。お互い年寄りだし、何となく気があったのだ。

茂次と三太郎は、神田錦町に足を運んでいるはずだった。植村の話に出た佐賀備前守定盛を探るのである。探るといっても、相手は大身の旗本だった。屋敷のある錦町を歩き、佐賀家の噂を訊いてみるだけである。

源九郎たちが竪川沿いの道を西に向かって歩いていると、

「菅井の旦那ですが、ちかごろ変ですぜ」

と、孫六が言いだした。

「何が変なのだ」

「おみよから聞いたんですがね。菅井の旦那、ちかごろ、めかしこんで出かける
らしいんでさァ」

おみよは長屋に住んでいる孫六の娘で、孫六はおみよ夫婦の世話になっている
のだ。

「なに、菅井がめかしこんでるだと」

思わず、源九郎の声が大きくなった。源九郎には、菅井がめかしこんでる姿が
想像できなかった。

「菅井の旦那は、ちかごろ、こざっぱりした恰好で出かけてますぜ」

孫六が言った。

「神谷道場へ行っているのだ」

菅井が神谷道場の門弟に請われ、居合の指南に出かけていることは源九郎も知
っていた。

「おみよが言うには、菅井の旦那はいつもより、髪を短く切ってるし、髭もきれいに剃ってるそうでさァ」

「髪を短くな」

源九郎は菅井の髪や髭のことまで意識して見ていなかった。おみよは女だけあって、そういうことに目敏《まざと》いのかもしれない。

「女でも、できたのとちがいますかね」

孫六の口許に卑猥《ひわい》な薄笑いが浮いた。

「菅井にかぎって、そんなことはあるまい」

源九郎は否定したが、胸の内では、そうかもしれない、と思った。もしそうなら、神谷道場のきよである。

そういえば、きよや植村から力を貸してくれと頼まれたとき、真っ先に承知したのは、菅井である。それに、居合の指南を口実に、ひとりで神谷道場に出かけている。

……あやしい！

と、源九郎は思った。

ただ、きよが菅井に懸想するとは、思えなかった。おそらく、菅井が勝手に心を寄せているだけだろう。それも、菅井のことだから、心の内に秘めているだけにちがいない。

「本郷からの帰りに、神谷道場に立ち寄ってみるかな」

源九郎は、胸の内の思いを孫六に気付かれないように何気なく言った。

「菅井の旦那に、女のことを訊いてみるんですかい」

孫六が目をひからせて訊いた。

「馬鹿なことを言うな。孫六、菅井だが、女にうつつを抜かすような男と思うか」

「まァ、女とは縁のねえような顔をしてやすが……」

孫六が小首をひねった。

「道場で指南するとなれば、長屋でごろごろしてる恰好では、まずいだろう。髭ぐらいあたるのはあたりまえだ」

「それもそうだ」

孫六は、まだ腑に落ちないような顔をしている。

「わしは、道場の稽古の様子を見たいのだ。神谷宗之助どのが帰ったので、道場が変わったかもしれんからな」

菅井のことはともかく、源九郎には神谷道場の様子を見たい気もあったのだ。

「菅井の旦那が、女に手を出すことはねえか」

孫六はつぶやくような声で言った。興醒《きょうざ》めのような顔をしている。孫六としては、菅井に女ができたことを期待していたのかもしれない。

そんなやり取りをしながら、源九郎と孫六は賑やかな両国広小路を抜けて柳原通りに出た。柳原通りは、神田川沿いにつづく道である。

ふたりは柳原通りから昌平橋を渡り、中山道を通って湯島に入った。そのまま中山道を北にむかえば、本郷へ出られる。

本郷に入るとすぐ、源九郎は通りかかった御家人ふうの武士に、脇坂道場がどこにあるか訊いてみた。

武士は、前田家の屋敷の手前に古刹《こさつ》があり、その脇の路地を右手に入った先だと教えてくれた。武士が口にした屋敷は、加賀百万石の前田家の上屋敷である。

中山道をしばらく歩くと、前方左手に前田家の上屋敷が見えてきた。殿舎の甍《いらか》が折り重なるようにつづいている。

「旦那、あそこに寺がありやすぜ」

孫六が前方を指差した。

街道の左手に、寺の山門が見えた。その先に、寺を囲う杜《もり》と堂塔がある。古刹らしい閑寂な雰囲気があった。

源九郎と孫六は、山門の脇の路地に入った。路地沿いには、御家人や旗本の武家屋敷がつづいていた。その路地をいっとき歩くと、気合や竹刀を打ち合う音が聞こえてきた。剣術の稽古の音である。

「あれが、道場だ」

源九郎が言った。

武家屋敷のつづく一角に、道場らしい家屋があった。家の側面が板壁になっていて、武者窓になっている。

正面の玄関の戸は、あいたままになっていた。戸口や武者窓から、何人もで竹刀を打ち合っている音が聞こえてきた。思ったより大きな道場で、門弟も大勢いるようだった。

源九郎は道場の近くまで行って足をとめた。だれかに、道場のことを訊いてみようと思ったのだ。

路地の先に目をやると、ふたり連れの中間《ちゅうげん》らしい男がやってきた。お仕着せの法被を着ている。近くの武家屋敷に奉公する中間かもしれない。

「あのふたりに訊いてみるか」

源九郎たちはふたりの中間に近付き、

「ちと、訊きたいことがあるのだがな」

と、源九郎が声をかけた。

「なんです?」

大柄で、赤ら顔の男が訊いた。もうひとりは、浅黒い顔をした痩せた男である。ふたりは、源九郎たちの前に足をとめた。

「足をとめさせてはすまないな。歩きながらでいい」

源九郎はきびすを返し、ふたりの中間と同じ方向に歩きだした。孫六は源九郎に仕える小者のような顔をして跟《つ》いてきた。

「この先に、剣術道場があるな」

源九郎たちは、脇坂道場の方へむかってゆっくりと歩いた。

「ありやすが」

「脇坂道場に、倅を入門させようかと思っているのだが、とりあえず道場の様子を訊いてみようと思ってな」

源九郎は脇坂の名を出した。

「そうですかい」

「道場だが、古いのかな」

源九郎は、中間が知っていそうなことから訊いた。

「七、八年前に、ひらいたようですよ」

赤ら顔の男が答えた。

「門弟はどれほどかな」

「門弟のことは知らねえなァ。……竹吉《たけきち》、知ってるかい」

赤ら顔の男が、痩せた男に訊いた。竹吉という名らしい。

「ちかごろ門弟が増えたそうでしてね。五、六十人はいると、聞いてやすぜ」

「なかなか盛っているようだな」

「それに、大身の旗本屋敷で剣術の指南をする話もあるそうですぜ」

竹吉が言った。

源九郎は、佐賀家のことではないかと思い、

「錦町にお屋敷のある佐賀さまではないか」

と、訊いてみた。

「お旗本の名までは、聞いてねえが……」

竹吉が首をひねった。

すると、源九郎と竹吉のやり取りを聞いていた赤ら顔の男が、

「あっしは、佐賀さまに奉公している男から聞いたんですがね。ちかいうち、お屋敷で、剣術の試合があるそうですぜ」

と、口をはさんだ。

「試合がな」

源九郎は、驚かなかった。模範試合であろうと思った。出稽古先の旗本屋敷などで、当主や子弟の前で模範試合をやって見せることがあるのだ。

「ところで、脇坂道場には脇坂どののほかに三人、遣い手がいると聞いているのだがな」

源九郎は、きよたちを襲った三人のことを訊いてみようと思った。

「師範代の水田《みずた》さまは、お強いと聞いていやすが、ちょいと歳をくってるようでさァ」

赤ら顔の男が言った。

「水田さまというと、大柄な方かな」

源九郎は、三人のなかのひとりの体付きを口にした。

「いえ、水田さまは痩せたお方ですよ」

赤ら顔の男によると、水田は長身で痩せているそうだ。それに、五十がらみではないかという。

源九郎は、すぐに水田は三人のなかにいた男ではないと思った。もっとも、道場の師範代が顔も隠さずにきよたちを襲えば、すぐに脇坂道場の者と気付かれてしまうだろう。

「門弟に牢人もいるのか」

源九郎は、念のために三人のなかの牢人体の男のことを訊いてみた。

「知らねえなァ」

赤ら顔の男が、すこし足を速めた。源九郎の問いが執拗《しつよう》だと感じたのかもしれない。

「総髪で痩せた男が、道場に入るのを見たのだがな」

かまわず、源九郎も足を速めて訊いた。そして、三人のなかの牢人体の男の容貌を口にしてみた。

「その方は、客人ですよ」

竹吉が言った。

「客人となｊ」

「道場の裏手に寝泊まりしていると聞いたことがありやすよ」

「食客か――」

めずらしいことではなかった。町道場には、廻国修行の者や他流の者などが食客として寝泊まりしていることがあるのだ。腕のたつ者が多く、道場主の依頼で門弟たちに指南することもある。

三人のなかの牢人体の男は、脇坂道場の食客かもしれない。食客なら都合が悪くなれば、いつでも道場を出てもらうことができる。

「名を知っているか」

源九郎が訊いた。

「名は聞いてねえなァ」

そう言って、竹吉も足を速めた。

源九郎は足をとめて、中間ふたりを見送った。ふたりから、これ以上訊くこともなかったのである。

# 六

源九郎と孫六は脇坂道場の近くを歩き、通りかかった御家人や武家屋敷に奉公している者などをつかまえて話を聞いたが、たいしたことは分からなかった。分かったことといえば、道場主の脇坂は出歩くことが多いことぐらいだった。柳橋や浅草寺界隈《かいわい》の料理屋などにも出かけているらしい。

「さて、今日のところは、これまでにするかな」

源九郎が頭上を見上げて言った。

陽は、南の空にあった。昼をすこしまわったころである。

「旦那、せっかく本郷まで足を伸ばしたんですぜ。もうすこし探ったらどうです」

孫六がもっともらしい顔をして言った。

「いや、腹もへったしな。……帰りに、神谷道場に寄ってみたいのだ」

源九郎は、午後の稽古に間に合わせたかったのだ。

「菅井の旦那も行ってやすかね」

「行ってるはずだ」

「そんなら、道場へまわりやしょう」

「その前に、腹ごしらえをせんとな」

「ヘッヘヘ……。ちくっとやりやすかね」

孫六が目尻を下げた。

「わしは、酒を飲むわけにはいかんぞ。……道場の稽古を見るのだからな。赤い顔をして、道場に入ったらたたき出されてしまう」

慌てて、源九郎が言った。

「しょうがねえ。酒は、長屋に帰《けえ》ってからにしやしょう」

孫六が首をすくめながら言った。

源九郎たちは本郷から湯島を経て、柳原通りに出た。そして、和泉《いずみ》橋を過ぎたところで、左手の通りへ入った。その通りを南に向かえば、浜町堀沿いの通りへ出られる。神谷道場は、浜町堀沿いの通りからすぐである。

源九郎たちは、浜町堀沿いの通りに入ってから手頃なそば屋を見つけて暖簾《のれん》をくぐった。ふたりとも酒は我慢して、そばで腹ごしらえをして出た。

神谷道場は、すでに稽古が始まっているらしく、道場内から気合や竹刀を打ち合う音が聞こえてきた。

「旦那、あっしは、近くで聞き込んでみやしょう」

道場の前まで来て、孫六が言った。門弟たちが大勢いる道場に入るのは、気が引けたようだ。

「そうか。わしも、一刻（二時間）ほどで出てこよう」

そう言い残し、源九郎はひとりで道場に入った。


道場内では大勢の門弟たちが面、籠手《こて》の防具を身に付け、竹刀で打ち合っていた。門弟は五十人ほどいるだろうか。以前見たときより、人数が多いようだ。それに、稽古にも活気があった。門弟たちの動きもいい。

師範座所を見ると、植村、きよ、それに菅井の姿があった。菅井は、きよのわきに厳《いか》めしい顔をして座っている。

新之丞と宗之助の姿はなかった。門弟たちに稽古をつけているのだろう。

源九郎は道場の隅を通って、師範座所に近付いた。

「おお、華町」

菅井が源九郎の姿を目にとめて声をかけた。

きよと植村も源九郎に気付き、ちいさく頭を下げた。そして、きよが立ち上が

り、源九郎に近付くと、

「お声をかけていただければ、迎えに出ましたのに」

と、恐縮したような顔をして言った。

「いや、近くを通りかかったものでな。稽古を見させてもらうつもりで、寄らせてもらったのだ」

「どうぞ、こちらへ」

きよは、菅井よりもなかほどに源九郎を座らせようとした。そこは、師範座所の正面にしつらえられた神棚の下で、道場主が座る場所だった。源九郎が一番の年長なので、たてたらしい。

源九郎は遠慮して、菅井の脇に膝を折った。

「華町、よく来たな」

菅井が照れたような笑いを浮かべて言った。

「宗之助どのの稽古ぶりを見させてもらおうかと思ってな」

そう言って、源九郎はチラッと菅井に目をやった。

……こやつ、髪に櫛まで入れておる。

源九郎は、菅井が髭を剃り、長い総髪に櫛まで入れているのを見てとった。孫六の言うとおり、こざっぱりとした恰好をしている。

「お、おい、華町、どこを見ておるのだ。宗之助どのは、なかほどにいる」

菅井が照れたような顔をして言った。

「どれ、どれ、あれだな」

すぐに、源九郎は宗之助が分かった。

面をかぶっているので顔は見えないが、その体軀《たいく》と腰の据わった構えで分かった。その構えに、他の門弟たちとはちがう威圧感がある。

宗之助は青眼に構えていた。はぐれ長屋の脇の空き地で菅井と立ち合ったときは、柳枝の構えと称した低い脇構えにとったが、いまは青眼である。柳枝の構えは、一刀流にはない特殊な構えだからであろう。

宗之助と対峙《たいじ》している男も、相青眼に構えていた。大柄な男である。

宗之助の構えは腰が据わり、隙がなかった。竹刀の先が、ピタリと相手の目線につけられている。

大柄な男も実力者らしかったが、宗之助の剣尖《けんせん》の威圧に押されて腰が浮いていた。

宗之助が、摺り足で相手との間合をつめ始めた。相手は打ち込みの間合に入るのを恐れて、ずるずると下がった。

大柄な男の踵《かかと》が道場の板壁に迫り、それ以上下がれなくなったとき、宗之助が一歩踏み込んだ。

次の瞬間、宗之助の全身に斬撃の気がはしった。

タアッ！

するどい気合とともに、宗之助の体《たい》が躍り、竹刀が真っ向へ振り下ろされた。

迅い！

飛び込みざま、真っ向へ。一瞬の打ち込みだった。

咄嗟《とっさ》に、大柄な男は竹刀を振り上げて、宗之助の打ち込みを受けようとした。

だが、間に合わなかった。

ビシッ、という竹刀で面を打つ音がひびいた。

「ま、まいりました！」

大柄な男が、声を上げた。

宗之助は、すばやく竹刀の先を大柄な男の喉元に付け、残心《ざんしん》の構えを見せた。

見事な一本である。

近くにいた門弟たちから、どよめきの声が起こった。宗之助の見事な竹刀捌きを見て、驚嘆したらしい。

大柄な男が宗之助に一礼して下がると、近くにいた何人かの門弟が、争うように宗之助の前に立とうとした。宗之助に稽古を付けてもらいたいようだ。

源九郎は宗之助の稽古ぶりを見て、

……この男なら、道場主としてやっていける。

と、確信した。

師範座所に座っているきよや植村に目をやると、ふたりの顔にも安堵《あんど》の色があった。宗之助なら、神谷道場を背負っていけるとみているのだろう。

それから、半刻（一時間）ほどして、稽古は終わった。

「華町どの、菅井どの、お茶を淹《い》れましょう」

きよがそう言って、源九郎たちを母屋に案内した。

七

源九郎、菅井、それに植村の三人は、この前と同じ庭に面した座敷に腰を下ろした。いったんきよは引き下がり、しばらく間を置いてから下女らしい初老の女と茶道具を持って座敷に入ってきた。そして、源九郎たちに茶を淹れて下女が下

がると、

「お蔭で、宗之助も張り切って稽古に励んでおります」

きよが、笑みを浮かべて言った。これまで、見せていた硬い表情はなかった。安堵のなかに、母親らしいやさしげな表情がある。

「ここに来て、入門者が増えてきたのだ」

植村が言った。

数人だが、新たな入門者がくわわったという。それに、稽古を休みがちだった門弟も、病弱の者を除いて道場に来るようになったそうだ。

「宗之助どのの噂を聞いたのだろうな」

源九郎は、そうした市井の噂が道場の隆盛を左右することを知っていた。

「きよどの、これで道場も盛んになること、まちがいなしだぞ」

菅井が、きよに顔をむけて言った。声に、うわずったようなひびきがある。

「はい、これも華町どのや菅井どののお蔭です」

きよは、あらためて源九郎と菅井に目をむけたが、顔の表情は変わらなかった。母親らしい表情のままである。

源九郎はきよの表情を見ながら、やはり、きよどのは菅井に想いを寄せているようなことはない、と思った。

そのとき、話を黙って聞いていた植村が、

「だが、このまま済むとは思えぬ」

と、顔をひきしめて言った。

「まだ、一ツ目橋の近くで襲った三人の正体も知れていないからな」

源九郎が言い添えた。

「これからも、道場の者を襲うでしょうか」

きよの顔から笑みが消え、厳しい表情が浮いた。女手ながら陰で道場を支えてきた者らしい顔付きになった。

「襲うな。次に狙うのは、宗之助どのかもしれんぞ」

源九郎が低い声で言った。

「おれも、そう思うな」

菅井がつづいた。菅井の顔からも、浮《うわ》ついた表情が消えている。

「何者でしょうか」

きよが、虚空を睨むように見すえて言った。顔がこわばり、目がつり上がっている。母親らしいやわらかな表情は消えていた。

「何者か知れぬが、いまは用心するしかないな」

源九郎が言った。

次に口をひらく者がなく、座敷が重苦しい沈黙につつまれたとき、

「ちと、気になることを耳にしたのだがな」

と、源九郎が言った。

「気になるとは」

植村が訊いた。菅井ときよも、源九郎に顔をむけている。

「神谷道場では、錦町の佐賀さまのお屋敷に剣術の指南に行っていると聞いたが」

「はい……」

きよが答えた。

「佐賀さまのお屋敷で、剣術の試合があると耳にしたのだが、神谷道場の者が模範試合でもするのかな」

「いや、模範試合ではござらぬ。他流との試合でござる」

植村が顔をこわばらせて言った。

「他流試合だと」

「相手は、神道無念流にござる」

「なに！　すると、脇坂道場か」

思わず、源九郎が声を上げた。

「いかさま。……前川どのの話では、脇坂道場から、備前守さまの御前で神谷道場と立ち合い、その勝負を見た上で、お屋敷への出入りを許してもらえないか、との申し出があったらしいのだ。……ただ、前川どのによると、備前守さまは、そのうち考えようとおおせられたそうで、実際に試合をするかどうか、いまのところ分からないのだ。……それで、そこもとたちにもあえて話さなかったのだがな」

植村が話し終えたとき、

「そういうことなら、きよどのたちを襲った三人は、脇坂道場の者とみていいのではないかな。神谷道場の腕の立つ者を襲ったのも、試合に出られなくするためにちがいない」

と、菅井が身を乗り出して言った。

「そうかもしれんな」

源九郎も、前からそう思っていたのだ。おそらく、植村やきよも胸の内では同じようにみていたのではあるまいか。

「分かったぞ！　小坂どのと植村どのの右腕を斬ったのも、しばらく竹刀を握れないようにして試合に出られなくするためだ」

菅井が声を上げた。

「それがしも、同じことを考えたのだが……。しかし、まだ、試合をするかどうかも分からないのだからな」

植村は、腑に落ちないような顔をした。

「いや、いまだから襲ったのだ。試合が決まってからでは遅い。考えてみろ、試合が決まってから神谷道場の遣い手を襲撃すれば、脇坂道場の者が襲ったとすぐばれてしまうではないか」

菅井がむきになって言った。

「そうかもしれん」

植村が小声で言うと、きよもちいさくうなずいた。

「三人は脇坂道場とかかわりのある者かもしれんが、なぜ、脇坂道場では、そこまでして佐賀さまのお屋敷に出稽古に行きたいのであろうな。他にも、大身の旗本はいくらでもあるではないか」

源九郎は、まだ腑に落ちなかった。

「それは、出稽古だけではないからだ」

植村が言った。

「出稽古の他に、何かあるのか」

「これも、前川どのから聞いたのだがな。陸奥《むつ》国、岩根藩《いわねはん》の剣術指南役に取り立てられるかもしれんのだ」

「どういうことだ」

岩根藩は七万石の大名である。源九郎は、上屋敷が大名屋敷の集まっている愛宕下にあることは知っていたが、藩主の名は知らなかった。

「前川どのの話では、岩根藩の江戸家老、細井幸右衛門《ほそいこうえもん》さまと備前守さまとは以前から親交があるらしい。細井さまが備前守さまのお屋敷に見えたおり、岩根藩では藩邸に来て剣術指南をしてくれる者を探していると話されたようだ。なんでも、江戸詰めの藩士のなかに、江戸で剣術を学びたい者が大勢いるらしいのだ。それを聞いた備前守さまは、それなら屋敷内で剣術の試合をする話があるので、その試合を見て気に入ったら指南役にむかえたらどうかと話したらしい」

「それなら、試合をするのではないか」

源九郎が言った。

「いや、それもおふたりだけの茶話らしくてな。前川どのも、岩根藩との話は進んでいないと言っていたのだ」

「うむ……」

源九郎は、脇坂が岩根藩のことを耳にしたにちがいないと思った。大名家の指南役になれば、箔《はく》が付くだけでなく大勢の藩士に指南することになり、九段下の練兵館に負けない大道場になることも夢ではなくなるだろう。

「いずれにしろ、三人の正体がつかめれば、脇坂道場にかかわりがあるかどうかも分かるはずだ」

源九郎が言うと、植村と菅井もうなずいた。

それから、小半刻（三十分）ほどして、源九郎と菅井は腰を上げた。暗くなる前に、はぐれ長屋に帰ろうと思ったのである。

道場の戸口で孫六が待っていた。孫六は待ちくたびれたらしく、渋い顔をしていた。源九郎は一刻ほどでもどると言って孫六と別れたのだが、一刻はだいぶ過ぎている。

「すまん、いろいろ込み入った話になってな」

源九郎は孫六に詫びた。

「こういうことは慣れてやすからね。気にもしませんや」

孫六はそう言って歩きだしたが、まだふて腐れたような顔をしている。

「まァ、そう怒るな。どうだ、三人で帰りに亀楽で一杯やっていくか。……孫六も喉が渇いたろうからな」

源九郎が言った。

「酒ですかい」

とたんに、孫六の顔からふて腐れた表情が消えた。口許がゆるみ、目尻がだらしなく下がっている。

# 第三章　道場破り

## 一

……妙だな。菅井が来ないぞ。

源九郎は湯飲みを手にしたままつぶやいた。

朝から、小雨が降っていた。雪にはならなかったが、底冷えする日である。源九郎は火鉢に手をかざしながら茶を飲んでいた。

五ツ半（午前九時）ごろである。今日は朝から雨だったので、源九郎は菅井が握りめし持参で将棋を指しにくると思い、朝めしを我慢して待っていたのだが、菅井は顔を出さなかった。

仕方なく、源九郎は火を熾《おこ》して湯を沸かし、昨夜の残りのめしを茶漬けにして食った。その後、生業《なりわい》の傘張りでもしようと思ったが、寒いのでその気も失《う》せ、茶を淹《い》れてひとりで飲んでいたのである。

……神谷道場へ行ったかな。

源九郎は、そんなはずはないと思った。神谷道場では午前中も稽古をしていたが、菅井が出かけるのはいつも午後だった。それに、ちかごろ菅井の足が神谷道場から遠のき、長屋にいることが多かったのだ。

風邪でもひいたかな、と源九郎は思い、菅井の家へ行くつもりで、手にした湯飲みを脇に置いた。

そのとき、ピシャ、ピシャとぬかるみを下駄で歩く音がした。

菅井らしい。足音は、戸口に近付いてきた。

「華町、いるか」

腰高障子のむこうで、菅井の声がした。

「いるぞ」

源九郎が返事をすると、すぐに腰高障子があいて菅井が入ってきた。

めずらしく、菅井は将棋盤を持っていなかった。手に提げているのは、貧乏徳利である。

「菅井、どうした、今日は雨だぞ」

源九郎が声をかけた。

「よく降るな」

小声で言いながら、菅井は座敷に上がった。顔に陰気な翳《かげ》が張り付いている。そうでなくても、前髪が額に垂れ、肉をえぐりとったように頬のこけた顔は般若《はんにゃ》のように不気味だった。その顔が暗く沈んでいると、死神か貧乏神のように見える。

「将棋はどうした」

「指す気になれんのだ」

そう言うと、菅井は火鉢のそばに腰を下ろし、手にした貧乏徳利を脇に置き、

「寒いからな。おまえと一杯やろうと思って、持ってきたのだ」

と、沈んだ声で言った。

「どうしたのだ、おまえ、体の具合でも悪いのか」

「いや、そんなことはない」

「おかしいではないか。雨の日は、将棋と決めているのではないのか」

菅井は雨の日は将棋と決めているらしく、かならずといっていいくらい将棋盤

をかかえて源九郎の家へ来ていたのだ。

「おれも、将棋より、酒の方がいいときもあるさ」

菅井が力のない声で言った。

「まァ、酒を飲みたくなることもあるだろうよ」

源九郎は立ち上がると、流し場に行って湯飲みをひとつ持ってきた。菅井に付き合ってやろうと思ったのである。

「さァ、飲もう」

菅井が貧乏徳利を手にした。

「うむ……」

源九郎は茶を飲み干してから湯飲みに酒をついでもらった。

菅井は陰気な顔をしたまま自分の湯飲みにも酒をつぎ、何も言わずに酒を飲み始めた。

「菅井、ちかごろ神谷道場にも行かなくなったようだな」

まるっきり行かなくなったわけではなかった。連日行っていたのが、三日に一度ほどになっただけである。

「神谷道場には、宗之助どのがいるからな。おれは、いなくてもいいようだ」

菅井がつぶやくような声で言った。

「きよどのはどうした。……いつも、道場へ姿を見せているのか」

「い、いや、ちかごろはあまり……」

菅井の顔が困惑したようにゆがみ、急に言葉につまった。ひどく、動揺している。

……そうか。きよどのに、つれなくされたな。

と、源九郎は気付いた。

もっとも、きよは初めから菅井に想いを寄せていた様子はないので、菅井がそれに気付いただけのことであろう。

「あまり話をしないのか」

さらに、源九郎が訊《き》いた。すこし、菅井の胸の内を聞き出してやろうと思ったのだ。こういうことは、話すことで気が晴れることもある。

「そうなのだ。……きよどのは、ふたりの子供の母親なのだ。宗之助どのが帰ってきて、道場で門弟たちを指南するようになったことを心底から喜んでいてな。他のことは、あまり目に入らないらしい」

菅井が肩を落として言った。

どうやら、きよは菅井が道場に来てもさしたる関心も寄せないらしい。菅井もそのことに気付いて、道場への足が遠のいたのだろう。

「いいことではないか。きよどのは年配で、道場主になるような倅がふたりもいる母親だからな。……長い修行の旅から帰ってきた倅のことに目がいき、他のことに気がまわらなくなるのも当然だ」

菅井に気がむくはずはなかろう、と言いかけて、源九郎は口をつぐんだ。菅井のことを口にすると、よけい傷付くと思ったのである。

「まァ、そうだな」

菅井は力なく言い、チビチビと酒を飲んだ。

そのとき、また戸口に近付いてくる足音がした。ふたりらしい。すぐに、腰高障子があいて、顔を出したのは孫六と茂次だった。

「お、やってやすね」

孫六が、貧乏徳利に目をやってニンマリとした。

茂次と孫六も雨に降り込められ、暇を持て余していたようだ。

「おまえたちも飲むなら、流し場から飯茶碗を持ってこい」

源九郎が言った。ふたり分の湯飲みはなかった。茂次たちは飯茶碗か椀で、飲んでもらうしかない。

　ふたりは飯茶碗と椀を手にして座敷に上がってくると、

「今日は、将棋をやらねえんですかい」

と、茂次が驚いたような顔をして訊いた。菅井のまわりに将棋盤が置いてなかったからだろう。

　茂次と孫六も、火鉢を前にして胡座《あぐら》をかいた。四人は火鉢のまわりに集まり、手を炙《あぶ》った。

「今日は冷えるからな。将棋より、酒だ」

　菅井が憮然《ぶぜん》とした顔で言った。

「ちげえねえ。……あっしだって、将棋より酒でさァ」

　孫六が、貧乏徳利を手にして言った。嬉しげに目を細めている。

二

「ちょいと、気になることを耳にしやしてね」

　茂次が、酒の入った飯茶碗を手にしたまま言った。

「気になることとは何だ」

源九郎が訊いた。

「神田錦町の佐賀さまのことでさァ」

茂次は、佐賀家の屋敷近くに聞き込みにまわっていたのだ。

「何かあったのか」

「佐賀さまのお屋敷で奉公している中間《ちゆうげん》から聞いたんですがね。ちかいうちに、剣術の試合があるそうですぜ」

「やはり、試合はあるのだな」

源九郎が念を押すように訊いた。

剣術の試合のことは、源九郎も菅井も耳にしていた。ただ、そんな話があったらしいということで、やるかやらないかはっきりしなかったのだ。

「中間は、屋敷の庭でやるらしいと言ってやしたぜ」

「いつだ」

「一月ほど先だと言ってやした」

「うむ……」

中間が試合の場所といつごろやるか知っていたことからみて、試合が行われるのは確実らしい、と源九郎は思った。

「中間は、陸奥国の岩根藩のことで、何か言ってなかったか」

源九郎は、岩根藩から試合を見に来る者がいるか気になった。

「岩根藩のご家老が、見に来るかもしれねえと言ってやした」

家老は、佐賀と懇意にしている江戸家老、細井幸右衛門のことであろう。

「そうか」

源九郎が口をつぐむと、

「試合は、神谷道場と脇坂道場でやることになるな」

菅井が低い声で言った。さっきまでの沈んだ顔が豹変していた。細い目がうすくひかり、酒のせいもあるのか、顔が赭黒《あかぐろ》く染まっている。般若のような凄《すご》みのある顔である。

「そうだ」

「脇坂道場の者と立ち合うのは、宗之助どのということになるだろうな」

「ひとりならな」

源九郎は、両道場からひとりずつ出て立ち合うのではないかもしれないと思った。いかに達人同士の闘いであっても、勝負は一瞬のうちにつくことがある。そうなると、あまりにあっけなく終わってしまう。佐賀と細井が剣の心得があるかどうか知らないが、やはり一試合では物足りないと感じるのではあるまいか。

「いずれにしろ、宗之助どのは出るな」

菅井が念を押すように訊いた。

「まちがいなく宗之助どのは出るだろう」

宗之助は、神谷道場の一番の遣い手である。

「そうすると、脇坂道場の者たちは試合の前に宗之助どのを襲うのではないか」

「おそらく、何か手を打ってくるな」

まだ、はっきりしないが、脇坂道場の者は神谷道場の遣い手と目されている小坂と植村を襲い、当分の間、ふたりが竹刀や木刀を握れないように深手を負わせているのだ。新たに、小坂や植村以上の遣い手が、旅から神谷道場に帰ってきたと知れば、当然宗之助を狙うだろう。

源九郎が自分の考えを話すと、

「華町の旦那、そういやァ、あっしも気になることを耳にしやしたぜ」

と、孫六が言い出した。酒気を帯びて顔が赤くなっていたが、目には岡っ引きらしいひかりが宿っている。

「何を聞いた？」

「へえ、あっしが、華町の旦那と本郷へ行って帰《けえ》りに道場に立ち寄って、長く待たされたことがありやしたね。あんとき、あっしは道場の近くで聞き込んだんでさァ」

「そうだったな」

「そんとき、近くの店屋に立ち寄って話を聞いたんですがね、道場の近くにあった八百屋の親爺が、道場に帰《けえ》ってきた宗之助さまのことをしつっこく訊いたお侍がいたと話してやした」

「宗之助どののことを探っていたのだ」

菅井が声を大きくして言った。

「まちがいない。その侍だが、名は分かるか」

源九郎が訊いた。

「あっしも親爺に訊いてみたんですがね。名は知らねえんでさァ。丸顔で、ほっそりしてたと話してやしたぜ」

「前に聞いた、神谷道場のことをしつこく訊いた者ではないのか」

源九郎は、脇坂道場の門弟だろうと思った。

「おい、脇坂道場のやつら、宗之助どのを狙って動き出しているのではないか」

菅井が顔をひきしめて言った。

「そうかもしれんな」

「旦那、そのお侍は、他のことも訊いたようですぜ」

孫六が言った。

「何を訊いたのだ」

「ちかごろ、牢人ふうの男や年寄りが、道場に来るようだが、門弟なのかと訊いたそうで。……あっしは、華町の旦那と菅井の旦那のことかもしれねえと思いやしてね、親爺になんて答えたのか訊いてみたんでさァ」

「親爺は何と答えた」

「そんなやつは、知らねえと答えたそうで」

孫六はそう言って、貧乏徳利に手を伸ばした。

「孫六、そんな大事なことをなんで、そのとき言わなかったのだ」

源九郎が孫六に目をむけて訊いた。

「それが、旦那が何も訊かずに、亀楽で一杯やろうと言い出したんで、つい忘れちまったんでさァ」

孫六が、首をすくめながら貧乏徳利を引き寄せた。

「仕方ないな」

源九郎は、渋い顔をして膝先に置いてあった湯飲みに手を伸ばした。

三

「それで、佐賀さまからの話はあったのかな」

源九郎がきよに訊いた。

神谷道場の裏手にある母屋の庭に面した座敷だった。そこは、源九郎たちが道場を訪ねたおりに、きよが案内する座敷である。

源九郎、菅井、きよ、それに植村がいた。源九郎と菅井は、脇坂道場との試合がどうなっているか確かめるためもあって道場を訪ねたのだ。

「はい、五日前、前川どのが道場にみえられ、佐賀さまのお屋敷で模範試合をしてほしいとのお話がございました」

きよが、顔をひきしめて言った。

「脇坂道場と立ち合うつもりか」

源九郎が訊いた。

「はい、お断りすることはできません」

名目は模範試合だが、その実、神谷道場の一刀流と脇坂道場の神道無念流の試合ということになるだろう。

「うむ……」

「やはり、承知したのか」

源九郎の脇に座していた菅井がつぶやいた。

「断ることは、できんのだ。断れば、神谷道場は脇坂道場を恐れて試合を拒んだということになり、敗れたのと同じことになる。……当然、佐賀さまのお屋敷の出入りもむずかしくなるし、岩根藩の指南役の件も脇坂道場に話がいくからな」

植村が厳しい顔をして言った。

植村の右腕の傷はだいぶ癒えたようだが、筋を斬られたらしく右腕が思うように動かないらしい。まだ、竹刀が振れないので、稽古もできないのだ。

「それだけではないのです。……神谷道場が脇坂道場を恐れて試合を拒んだとの噂がひろまれば、神谷道場の評判は落ちて門弟たちは他の道場へ移るでしょう。そうなれば、道場をつづけていけなくなるかもしれません」

きよが言った。

「試合をやるより他にないわけだな」

「はい」

「それで、試合はいつ」

源九郎が訊いた。

「来月の十五日でございます」

「ちかいな」

今日は、一月十七日だった。あと、一月ほどである。

「きよどの、恐れることはないぞ。宗之助どのは、遣い手だ。道場主の脇坂源十郎と立ち合っても後れをとるようなことはない」

菅井が語気を強くして言った。

「それが、試合に出るのはひとりではないのだ」

植村が低い声で言った。

「何人だ」

「三人とのことだ」

「三人な……」

源九郎は厳しい試合になりそうだと思った。

神谷道場には、宗之助の他に特出した遣い手がいなかった。新之丞と江川もかなりの遣い手だが、一ッ目橋のたもとできよたちを襲った三人ほどの遣い手が、脇坂道場にいれば後れをとるかもしれない。やはり、植村と小坂が試合に出られないのは痛手である。脇坂道場側はそこまで見通し、それぞれの道場から三人出て、三試合したいと言い出したのではあるまいか。

「宗之助どのの他に、だれが出るのだ」

菅井が訊いた。

「まだ、決めてないが、いまのままだと新之丞どのと江川ということになろうか……」

植村が苦渋の顔で言ったとき、

「菅井どの、華町どの、おふたりにも出ていただきたいのです」

きよが、思いつめたような顔をして言った。

「なに、わしと菅井が！」

思わず、源九郎の声が大きくなった。自分に、お鉢が回ってくるなどと思ってもみなかったのだ。菅井も驚いたような顔をして、息をつめている。

「おふたりは師範代ではありませんが、道場の門弟たちに指南していただくお立場です。神谷道場のひとりとして出ていただいても、何の不都合もございません。それに、脇坂道場は何者かに襲わせて植村どのと小坂どのを負傷させ、試合に出られなくしたのです。これこそ、武士にあるまじき卑怯《ひきょう》な手段でございましょう」

きよの声に怒りのひびきがあった。顔がこわばり、目がつり上がっている。男勝りの気丈そうな顔である。女ながら神谷道場を守ってきた気丈さが、顔に出たらしい。

「そうだな」

源九郎も、剣術を修行する者らしくない卑怯な手だと思った。

「おれからも頼む。華町どの、菅井どの、神谷道場のひとりとして試合に出てはくれまいか」

植村が訴えるように言った。

「だ、だが、おれは、居合だぞ。一刀流は遣えん」

菅井が、困惑したような顔で言った。

「菅井が脇坂道場の者を破ったとしても、居合を遣えば他の道場から助っ人を頼んだことがだれの目にも分かってしまうような」

源九郎も、菅井は無理だろうと思った。

「では、華町どのだけでも……」

きよが言った。

「い、いや、わしは見たとおり、年寄りだし……」

源九郎は口ごもった。咄嗟《とっさ》に、どう返事していいか分からなかったのである。

「華町どのが鏡新明智流の達者であることは承知している。竪川沿いで、その構えを見せてもらったし、長屋の者の噂も耳にしているのでな」

「うむ……」

源九郎は返答に窮して口をつぐんだ。

そのときふいに、きよが道場の方に目をやり、

「何かあったのでしょうか」

と、つぶやいた。顔に不安そうな表情があった。

そう言われると、さきほどまで聞こえていた稽古の音が、まったく聞こえない。まだ、稽古をやめるころではないはずだ。

「何事かな」

植村が立ち上がった。

と、母屋の戸口に走り寄る足音がした。門弟が駆け付けたようだ。

「見てくる」

言い置いて、植村が座敷から出た。

きよもつづき、源九郎と菅井もきよの後につづいた。

母屋の戸口に若い門弟が立っていた。顔がこわばっている。門弟は植村の顔を見るなり、

「道場破りです！」

と、声を上げた。

「なに、道場破りだと！」

「は、はい、三人もで押し込んできました」

若い門弟が声を震わせて言った。

四

道場内は、張りつめた緊張と水を打ったような静けさにつつまれていた。道場のなかほどに、三人の男が立っていた。いずれも武士である。門弟たちは道場の両側に端座して居並び、息をつめて三人の武士を見つめている。

源九郎たちは道場の脇の戸をあけて入った後、居並んだ門弟たちの背後を通っ

て師範座所にまわった。

師範座所の前に、宗之助と新之丞が立っていた。宗之助は厳しい顔をして三人の男に目をむけていたが、源九郎たち四人がそばに来ると表情をゆるめ、

「お手間をとらせます」

と、小声で言った。

新之丞は顔をこわばらせ目をつり上げていたが、源九郎たちの姿を見ると、いくぶん表情がやわらいだ。

「なんだ、女や年寄りまで出てきたぞ。一族、総出か」

三人のなかの巨軀《きょく》の男が、揶揄《やゆ》するように言った。

源九郎は、すぐに三人の男に目をやった。一ツ目橋の近くで、きよたちを襲った者たちではないかと思ったが、そうではなかった。三人とも初めて見る顔である。

巨軀の男は小袖にたっつけ袴姿で、二刀を帯びていた。陽に灼《や》けた浅黒い肌をし、眉が濃く分厚い唇をしていた。武辺者らしい面《つら》構えである。

……遣い手らしい！

源九郎は、巨軀の武士を見て察知した。

他のふたりは、羽織袴姿だった。軽格の御家人か、江戸勤番の藩士といった恰《かっ》好《こう》である。ふたりとも中背だったが、身構えに隙がなかった。ただ、巨軀の男の右手にいる武士は、それほどの遣い手のように見えなかった。他のふたりほど、腰が据わっていなかったのである。

「そこもとの名は」

植村が巨軀の男に訊いた。

「松山平八郎《まつやまへいはちろう》、牢人だ。……一手、ご指南をたまわりたい」

松山の口許に薄笑いが浮いていた。ただ、目は笑っていなかった。植村や源九郎にむけられた目に、挑むようなひかりが宿っている。

「それで、何流を遣われるな」

植村が訊いた。

「馬庭念流《まにわねんりゅう》……」

馬庭念流は、上州樋口《ひぐち》家に伝わる流儀である。上州を中心に武州にひろまり、江戸にも馬庭念流を身につけた者が、すくなからずいた。

「当道場は、他流試合を禁じているが」

「試合ではない。一手、ご指南をたまわりたいと言っておる」

「さようか。で、指南を望むのは、松山どのか」

植村が訊いた。こうしたやり取りにも慣れているらしく、植村の物言いは落ち着いていた。それに、宗之助なら、後れを取るようなことはないとみているのだろう。

「まず、ここにいる三村《みむら》と手合わせをお願いしたいが」

そう言って、松山が右手にいる武士に目をやると、

「三村房次郎《ふさじろう》。馬庭念流でござる。一手、ご指南を――」

と、低い声で言った。面長で、細い目をしている。

「もうひとりの御仁《ごじん》の名は」

植村は、松山の左手にいる武士の名も訊いた。

左手の武士は、くぐもった声で大久保昌蔵《おおくぼまさぞう》と名乗った。やはり、馬庭念流を遣うという。三人とも、同門らしい。

「まず、それがしが相手になる」

新之丞が声を上げた。

「そうだな。新之丞に頼むか」

宗之助が言った。新之丞が、三村に後れをとることはないとみたらしい。三村

は三人のなかでは腰が据わっていなかったし、立ち居にも隙が見られたのである。

宗之助の顔は、ふだんのうつけ顔ではなかった。顔がひきしまり、双眸《そうぼう》に鋭いひかりを宿していた。道場主らしい威厳を感じさせる面《おもて》貌である。

「わしが、検分役をやろう」

源九郎が言った。

「おぬしは」

松山が、源九郎を睨むように見すえて誰何《すいか》した。

「華町源九郎。この道場の客分でな、ときおり、神谷どのに稽古をつけてもらっている身だ」

源九郎は、宗之助と稽古をしたことはなかったが、そう言っておいたのである。

「よかろう」

「それで、竹刀でいいかな」

源九郎は、松山たちが何と言おうと竹刀で立ち合わせるつもりだった。木刀での打ち合いは、喉を突かれたり、頭を強打されたりすると落命することもあるのだ。

「ならば、面、籠手《こて》を貸してもらおうか」

松山が言った。

「承知した」

源九郎が言うと、すぐに植村が近くにいた門弟に指示して、三人分の防具を持ってこさせた。

松山たち三人はその場から身を引き、道場の戸口の方に陣取って腰を下ろした。そして、まず三村が面、籠手の防具を身につけ、竹刀を手にして立ち上がった。

「三本勝負、始め!」

源九郎が声をかけると、新之丞と三村は竹刀をむけ合った。

ふたりの間合は、およそ三間──。ふたりとも青眼に構えをとった。

……こやつ、馬庭念流ではない。

源九郎は、三村の構えから馬庭念流ではないとみた。

馬庭念流は両足を撞木《しゅもく》にとり、腰を沈めて構えるのだが、三村はやや足をひらいているだけで撞木ではなかった。それに、腰も立っている。どうやら、三村は馬庭念流ではなく他流を身につけているらしい。他のふたりも、馬庭念流ではないかもしれない。

勝負は、始めから新之丞が三村を押していた。まず、三村が面を打ち込んできたところを、新之丞が胴を払って一本先取した。

二本目は、三村がとった。新之丞が面を打とうとしたところを、三村が踏み込んで籠手を押さえたのだ。

三本目は新之丞が飛び込みざま面を打った。遠間《とおま》からの飛び込み面が、見事に決まったのである。

「次は、おれだな」

大久保が立ち上がった。

大久保も、足は撞木にとらなかった。やはり、馬庭念流ではないようだ。

新之丞と大久保の試合は、なかなか勝負がつかなかった。まず、新之丞が飛び込んで、胴を打ち、一本先取した。二本目は、大久保が面をとった。

実力が拮抗《きっこう》していたせいか、三本目がなかなか決まらなかった。ふたりとも果敢に打ち合ったが、一本になるような打突がなかったのである。

源九郎が引き分けにしようとしたとき、大久保が遠間から面に打ち込んだ。咄嗟に、新之丞が竹刀を振り上げて面打ちを受けたが、胴があいた。この一瞬の隙を大久保がとらえ、竹刀を払って胴を打った。払い胴である。

「胴、一本！」

源九郎が声を上げた。

五

宗之助は新之丞が胴を打たれたのを見ると、すぐに道場の隅に座して面、籠手をつけ始めた。

静寂につつまれていた道場内から、どよめきが起こった。新之丞が敗れたことで、門弟たちが動揺しているようだ。師範座所にいるきよと植村の顔もこわばり、不安そうな表情が浮いている。

宗之助は新之丞が下がると、

「神谷宗之助が、相手をいたす！」

と声を上げ、竹刀を手にして大久保と相対した。

すぐに、道場内が静まりかえった。門弟たちは私語をやめ、息を呑んで宗之助を見つめている。

「うぬが、道場主か」

大久保が、面鉄《めんがね》の間から宗之助を見すえて訊いた。

「いかにも」

宗之助は隠さなかった。それだけ、自信があるのだろう。

「早いお出ましだな」

大久保が揶揄するように言った。道場内で門外者と立ち合う場合、道場主が出るのは最後である。道場主は、何か理由をつけて出ないこともある。道場主が負ければ、後がないからである。

「勝負、三本！」

源九郎が声をかけた。

すぐに、宗之助と大久保は竹刀をむけ合った。間合はおよそ三間。ふたりとも、青眼である。

大久保の竹刀の先は、宗之助の目線につけられていた。腰の据わった隙のない構えである。

対する宗之助は、竹刀の先を大久保の胸のあたりにつけていた。柳枝《りゅうし》の構えはとらなかったようだ。ただ、青眼としては低い構えである。

宗之助の身構えは、ゆったりとしていた。傍目《はため》には覇気のない構えに見えるが、力みのない自然体で、剣尖《けんせん》には気魄《きはく》がこもっていた。立ち居は柳枝の構えと同じである。

大久保がすこしずつ後じさり始めた。腰が浮いている。宗之助の剣尖の威圧に押されているのだ。

大久保のかかとが、門弟たちの居並んでいる場所に近付いたとき、

イヤアッ！

突如、大久保が甲走った気合を発した。気合で、宗之助の構えをくずそうとしたのである。だが、気合を発したことで全身に力が入り、剣尖が浮いた。この一瞬の隙を宗之助がとらえた。

タアッ！

鋭い気合とともに、宗之助の体が躍った。

面へ。神速の打ち込みである。

ビシッ、と面を打つ音がひびき、大久保の面がかしいだ。大久保には、受けることもかわすこともできなかった。

「面！　一本」

源九郎が声を上げた。

道場内は時のとまったような静けさにつつまれていたが、すぐに門弟たちの歓声がおこり、あちこちから驚嘆の言葉が聞こえた。宗之助の技の冴えに、あらためて驚かされたらしい。

二本目も、あっけなかった。大久保が強引に面に打ち込んできたところを、宗之助が右手に跳んで胴を払ったのである。

「ま、まいった!」

大久保は自ら負けを認め、そうそうに引き下がった。

宗之助は面、籠手をとらずに、松山のそばに歩を寄せると、

「次は、おぬしの番だな」

と、面鉄の間から松山を見すえて言った。

「みごとな腕だな」

そう言うと、松山は面、籠手をつけずに立ち上がり、

「やめておこう」

と、平然として言った。

「恐れをなしたか」

「まァ、そうだ。……それに、おぬしの腕は十分見せてもらったからな」

松山の顔に、無念そうな表情はなかった。口許には、薄笑いさえ浮いている。

「おぬしら、馬庭念流ではなかろう」

宗之助が訊いた。どうやら、宗之助も松山たちが馬庭念流の一門ではないとみてとったようだ。

「おぬしらと同じ一刀流かな。……何流でもよいではないか」

松山は言いながら道場内を見まわし、

「検分役の年寄りも遣い手のようだな」

と、源九郎に目をむけて言った。

「うぬら、ただの道場破りではないな」

宗之助の声に強いひびきがくわわった。

「おれたちは、初めから道場を破るつもりなどない。一手、指南していただきたい、と言ったではないか」

松山は脇に座している三村と大久保に目をやり、今日のところは、これまでだな、と声をかけた。

するとふたりはすばやく胴をはずして立ち上がった。

松山が師範座所にむかって、

「われらの腕では、とうてい及ばぬ。これにて、退散いたす」

と声を上げ、すぐにきびすを返した。

松山につづいて、三村と大久保も急ぎ足で道場から出ていった。

宗之助をはじめ門弟たちは呆気《あっけ》にとられて言葉を失い、道場から出ていく三人の背に目をむけていたが、門弟たちの間からどっと歓声が上がった。門弟たちの宗之助に対する感嘆の声と松山たちへの罵声が飛び交い、道場内が急に騒がしくなった。なかには立ち上がって、戸口まで松山たちを覗きにいった者もいる。

宗之助は道場の隅に座して面、籠手をとってから、師範座所の近くに集まっている源九郎やきよたちのそばに足をむけた。

「あやつら、馬庭念流の一門ではないようです」

宗之助が言った。

「そのようだな」

源九郎が言うと、その場にいた菅井と植村もうなずいた。菅井たちも、馬庭念流の一門ではないと気付いたようだ。

「それに、三人は道場破りではなく、道場を探りに来たらしい」

宗之助が、集まっている源九郎たちに視線をむけながら言った。

「わしは、宗之助どのの腕を確かめに来たとみたが……」

源九郎が言い添えると、

「脇坂道場の者たちか！」

と、菅井が声を上げた。

「脇坂道場の門弟かどうか分からないが、佐賀さまのお屋敷でおこなわれる試合のために、探りに来たことはまちがいないな」

源九郎は、脇坂が宗之助の噂を耳にし、腕のほどを確かめるために松山たちを頼んだのではないかと思った。

「卑怯な……」

きよが、怒りの色をあらわにして言った。新之丞と植村の顔も、怒りで赭黒く染まっている。

「すでに、神谷道場と脇坂道場の闘いは始まっているようだ」

宗之助が厳しい顔で言った。

源九郎は、松山たちが宗之助の腕を知った以上、何か手を打ってくるだろうと思った。何もせずに、試合の日を迎えるはずはないのだ。

六

「菅井、ちかごろ、家でごろごろしているようだな」

源九郎が貧乏徳利の酒を湯飲みについでやりながら言った。

源九郎と菅井は、はぐれ長屋の源九郎の家で飲んでいた。今日は、雨でもないのに菅井が貧乏徳利を提げてやってきたのだ。

「ああ……」

菅井は気のない返事をした。

「神谷道場に行かないのか」

源九郎たちが神谷道場へ出かけ、松山たちと顔を合わせてから五日経っていた。この間、菅井は一度も神谷道場に行ってないらしい。

「ちかごろ、居合の指南を望む者がすくなくなったからな」

菅井が力なく言った。

「それなら、広小路に出かければいいではないか」

菅井は両国広小路で居合の見世物をして、口を糊していたのだ。風雨の日は行かないが、今日のような晴天なら出かけてもいいはずである。

「見世物に行く気にもなれん」

そう言って、菅井は湯飲みの酒をかたむけた。

源九郎は、きよのせいだな、と思った。きよは、菅井につれなくするわけではなかったが、特別な思いを持っていないことも確かである。

「菅井、きよどのか」

源九郎が小声で訊いた。

「な、なんのことだ……」

菅井の声がつまり、顔に狼狽《ろうばい》の色が浮いた。般若のような顔がゆがみ、赤く染まっている。

「おまえな、きよどのは宗之助どのと新之丞どのの母親だぞ。……男に懸想するような歳ではあるまい」

女も男も、歳にかかわらず異性に懸想するものだ、と源九郎は思っていたが、菅井にはそう言ったのである。

「おい、華町、おれはきよどのに懸想しているわけではないぞ」

菅井が、源九郎を睨みながら言った。

「だが、おまえのきよどのを見る目は、他の女を見る目とちがうぞ」

「そ、それは……。きよどのが、おふさとそっくりだからだ。つい、おふさのことを思い出して……」

菅井が困惑したように顔をゆがめた。

「おふさというと、亡くなったおぬしの女房どのか」

源九郎は、菅井の妻女がおふさという名であることを聞いていた。

「そ、そうだ」

「うむ……」

たしか、菅井の妻女は十年ほど前に病で死んだはずである。

「きよどのを見ると、おふさを思い出してな」

菅井がしんみりした口調で言った。

「そういうことか」

同じようなことがあったな、と源九郎は思った。

何年か前に、おふさの妹で菅井の義妹になる伊登《いと》という女が、幸太郎《こうたろう》という元服が済んだばかりの男児を連れて菅井を訪ねてきたことがあった。伊登は夫がかかわった事件に巻き込まれて、幸太郎とともに菅井の許に逃げてきたのだ。菅井は命をかけて伊登たちを守った。源九郎たち長屋の者も、菅井に手を貸して伊登を助けてやった。そのときも、菅井は伊登におふさの面影を見ていたようだ。

懸想というより、菅井は死んだおふさに心を寄せているだけなのかもしれない、源九郎はそう思ったとき、菅井が妙に可愛くなった。

……いい歳をして、しかも、この面で、まだ亡くなった妻のことが忘れられんのか。

源九郎は胸の内でつぶやき、貧乏徳利を手にすると、

「まァ、飲め」

と言って、菅井の湯飲みに酒をついでやった。

「おい、華町」

菅井が湯飲みに酒をついでもらいながら言った。

「きよどのに、いらぬことを言うなよ」

「分かっておる。……菅井がきよどのに懸想しているなどと言えるわけがなかろう」

「お、おまえも、飲め」

菅井は声をつまらせて言い、慌てて貧乏徳利を手にして源九郎の湯飲みに酒をついだ。

ふたりは妙にしんみりし、酒をつぎあって飲んだ。まだ、七ツ（午後四時）ごろで、腰高障子が夕陽を映じて淡い蜜柑《みかん》色にかがやいている。長屋のあちこちから、女房の笑い声や赤子の泣き声などが聞こえてきた。長屋は、いつもと変わりなく賑やかである。

そのとき、戸口に近付いてくる足音がし、腰高障子に人影がふたつ、ぼんやりと映った。

「華町どの、おられるかな」

と、植村の声がした。

「入ってくれ」

源九郎が声をかけると、すぐに腰高障子があいた。

入ってきたのは、植村と宗之助である。宗之助は目尻を下げ、口許に笑みを浮かべている。剣や竹刀を手にしたときとちがって、どこか間の抜けたようなうつけ顔である。

「酒ですか」

宗之助が、貧乏徳利を目にして言った。

「飲むか」

菅井が訊いた。

「一杯だけ、いただくかな」

宗之助がさらに目尻を下げて言った。

植村は苦笑いを浮かべている。

「待て、待て。いま、湯飲みを借りてくる」

源九郎は、すぐに立ち上がった。ふたりの湯飲みがなかったのである。まさか、洗ってない飯茶碗や椀を出すわけにはいかない。

源九郎は斜向《はす》かいにあるお熊の家へ行き、ふたり分の湯飲みを借りてきた。そればかりか、たくわんの入った小鉢まで手にしていた。お熊が、客と飲むなら肴《さかな》があった方がいいよ、と言って、たくわんまで切ってくれたのだ。

## 七

「話は、飲んでからだな」

菅井が貧乏徳利を手にして、植村と宗之助の湯飲みに酒をついでやった。

四人はいっとき注ぎ合って飲んだ後、

「ところで、ふたりの用件は」

と、源九郎が切り出した。植村たちは、酒を飲むために長屋に足を運んできたわけではあるまい。

「ちかごろ、ふたりが道場に姿を見せないので、どうしたものかと思ってな」

植村が戸惑うような顔をして言った。

植村と宗之助の顔色は、変わらなかった。ふたりとも、酒は強いようだ。

「長屋でも、いろいろあってな……」

源九郎が言葉を濁した。長屋で何かあったわけではなかった。菅井のことは話せなかったし、源九郎は歳のせいもあって、門弟たちに稽古をつける気にはなれなかっただけである。

「いまな、華町と明日にも道場に行ってみようと話していたところだ」

菅井が口をはさんだ。そんな話はしてなかったが、菅井は明日にも行くつもりだったのかもしれない。

「では、明日、それがしも華町どのに一手指南していただきたいが」

宗之助が顔をひきしめて言った。

「何を言う。わしが、指南してもらいたいほどだ」

そう言って、源九郎は膝先の湯飲みに手を伸ばした。

源九郎の胸の内には、宗之助が長屋の脇の空き地で遣った柳枝の構えからくりだす神速の太刀と、竹刀を交えてみたい気はあった。ひとりの剣客として、宗之助と立ち合ってみたかったのである。

「どうかな、指南はともかく、ふたりで稽古をしてみたら」

植村が誘うような口振りで言った。

「華町どの、ぜひ、一手」

宗之助が言い添えた。

「そうだな、やってみるか」

源九郎はそう言ってから、何となく植村と宗之助の胸の内が読めた。

ふたりとも源九郎の噂を聞いたようだが、実際は源九郎の構えを見ただけである。源九郎がどれほどの遣い手なのか、まだ分からないのだろう。ふたりは、脇坂たちの試合に源九郎を頼んでいいものか迷っているのではあるまいか――。それを、はっきりさせたい気持ちもあって、ふたりして訪ねてきたのであろう。

「それは、楽しみだ」

植村が左手で、貧乏徳利を手にして源九郎と菅井に酒をついだ。

四人の話がとぎれたとき、

「道場に来た松山たちだが、脇坂道場にはそのような名の門弟はいないようだな」

と、源九郎が言った。源九郎は茂次たちに頼んで、松山、三村、大久保という名の門弟が脇坂道場にいるか探ってもらったのだ。

「松山たちは、脇坂道場の者ではなかったのか」

宗之助が腑に落ちないような顔をした。

「いや、それは分からん。脇坂道場の者なら、当然偽名を遣うだろう。流名まで、馬庭念流などと名乗っていたのだからな」

「三人は、偽名を使っていたとみた方がいいな」

脇から、菅井が口をはさんだ。

「それで、何か脇坂道場の動きはあったのか」

源九郎が訊いた。

「ちと、気になることがあった」

植村が声をあらためて言った。

「気になるとは？」

「若い門弟が、見知らぬ武士に、神谷道場のことや華町どのたちのことをいろいろ訊かれたらしいのだ」

「脇坂道場の者かもしれんな」

源九郎は、脇坂たちが、宗之助や自分たちのことを探っているのだろうと思った。

「そのことも、華町どのと菅井どのの耳に入れておこうと思い、訪ねてまいったのだ」

植村が顔をひきしめて言った。

「油断はできんな」

試合までの間に、脇坂道場の者たちは何かしかけてくる、と源九郎はみていた。

それから、半刻（一時間）ほどし、貧乏徳利が空になったのを機に、宗之助と植村が腰を上げた。

「そこまで、送っていこう」

源九郎が腰を上げると、菅井も、そうしようと言って立ち上がった。

「いや、結構でござる」

植村が恐縮したような顔をした。

「なに、わしたちは、ちと、飲み足りないのだ。近くの店で、飲みなおそうかと思ってな」

源九郎は亀楽に行くつもりだった。酒ももうすこし飲みたかったが、それより夕めしを済ませたかったのだ。菅井もすぐに源九郎の胸の内が分かったらしく、何も訊かずに腰を上げた。

戸口から出ると、はぐれ長屋は淡い夕闇につつまれていた。まだ、上空は明るかったが、行灯《あんどん》に火を入れた家もあり、腰高障子がぼんやりと明らんでいた。長屋は賑やかだった。あちこちから、腰高障子をあけしめする音や水を使う音に混じって、女の笑い声、男のがなり声、子供の泣き声などが聞こえてくる。

源九郎たち四人は路地木戸から出ると、竪川の方にいっとき歩いてから左手の路地へ入った。その路地を西に向かえば、亀楽の前に出る。植村と宗之助はさらに西に歩けば、回向院の脇を通って両国橋のたもとに出られる。

路地沿いの店屋は店仕舞いし、人影もなくひっそりとしていた。

そのとき背後で、タッ、タッ、と走り寄る足音が聞こえた。

「後ろから、だれかくるぞ！」

菅井が言った。

振りかえると、薄闇のなかに走ってくるふたりの姿が見えた。武士らしい。網代笠《あじろがさ》をかぶり、小袖とたっつけ袴姿だった。刀の鍔元《つばもと》を左手で握り、すこし前屈みの恰好で走ってくる。

「わしたちを、狙っているようだ」

源九郎は、ふたりの身辺に殺気があるのを察知した。

「前にもいる！」

宗之助が声を上げた。

前方の店仕舞いした店屋の脇から複数の人影が路地に飛び出し、源九郎たちに迫ってきた。三人、いずれも武士である。やはり、網代笠をかぶっていた。たっつけ袴姿はひとりだけで、他のふたりは小袖に袴姿だった。

「わしらを待ち伏せしていたようだ」

源九郎は、すばやく表戸をしめた店屋を背にして立った。背後にまわられるのを防ごうとしたのである。

菅井、宗之助、植村の三人も、源九郎と同じように路地沿いの店屋を背にして立った。

それぞれ、刀をふるえるだけの間合をとったが、植村だけは宗之助のそばにいた。まだ、刀をふるうことができないからだ。

源九郎たちの前に、五人の武士がばらばらと走り寄った。

八

「何者だ！」

宗之助が激しい声で誰何した。その顔が豹変していた。うつけ者のような間の抜けた表情はぬぐいとったように消えている。顔がひきしまり、双眸が炯々《けいけい》とひかっている。剣の遣い手らしい凄みのある顔である。

「問答無用！」

宗之助の前に立った巨軀の男が言った。

もうひとり、痩身の男が、宗之助の左手にまわり込んできた。ふたりで、宗之助を斃《たお》すつもりらしい。

「うぬは、松山だな」

宗之助は、その巨軀に見覚えがあった。道場破りに来た三人のうちのひとりで、松山と名乗った男である。

「おれは、松山ではない」

男は松山の名を否定したが、松山にまちがいない。ただ、松山は本名ではないだろう。

「いくぞ！」

一声上げ、巨軀の男が抜刀した。三尺はあろうかという身幅のひろい長刀である。

宗之助も抜いた。切っ先を巨軀の男にむけてから刀身を下段に下げ、切っ先を後ろに引いた。低い脇構えだった。長屋の脇の空き地で、菅井と立ち合ったときと同じ、柳枝の構えである。

巨軀の男は青眼に構え、長刀の切っ先を宗之助の目線につけた。遣い手らしく、どっしりと腰が据わっている。

「妙な構えだな」

巨軀の男が驚いたような声で言った。宗之助の柳枝の構えを見て驚いたようだ。道場の宗之助と異質なものを感じたのだろう。

宗之助の脇に立った植村は、中背の武士と対峙した。植村は左手で小刀を抜くと、腰を沈め、左腕を前に伸ばして切っ先を中背の武士の喉元につけた。小太刀の構えをとったのである。

一方、源九郎は大柄の武士と相対していた。源九郎は青眼に構え、大柄の武士は八相に構えていた。

……こやつ、一ッ目橋のたもとで見た男だな。

源九郎は武士の体軀を見て、きよたちを襲った三人のなかのひとりではないかと思った。

笠をかぶっているので顔は口と顎のあたりしか見えないが、何となく似ているような気がしたのだ。

「まいる!」

大柄な武士が、足裏を摺《す》るようにしてジリジリと間合をせばめてきた。

……なかなかの遣い手だ。

と、源九郎はみてとった。

大柄の武士の八相の構えには、大柄な体とあいまって上からおおいかぶさってくるような威圧感があった。ただ、やや動きが硬かった。真剣勝負で気が異常に昂《たかぶ》っているせいらしい。

源九郎は青眼に構えた切っ先を大柄な武士の喉元につけ、全身に気勢をこめて斬撃の気配を見せた。

　すると、大柄な武士の寄り身がとまった。源九郎の剣尖の威圧に押されたのである。おそらく、大柄な武士は、源九郎の剣尖が喉元に迫ってくるような威圧を感じたにちがいない。

「来ぬなら、わしから行くぞ！」

　源九郎が、趾《あしゆび》を這《は》うように動かして間合をせばめ始めた。

　源九郎は早く勝負を決したいと思っていた。目の端に、宗之助がふたりを相手にしているのを見て、長引くと宗之助があやういとみたのである。

　源九郎はジリジリと大柄な武士との間合をつめていく。ふたりの全身に気勢がみなぎり、斬撃の気配が高まってきた。


　このとき、菅井は中背の武士と対峙《たいじ》していた。菅井は、中背の武士の体付きと網代笠の下に見える口と顎のあたりの感じから、神谷道場で大久保と名乗った男ではないかとみてとった。

「大久保か」

　菅井は偽名だと思ったが、大久保の名を口にしてみた。

「大久保などという男は、知らぬ」

武士はそう言ったが、声に動揺するようなひびきがあった。神谷道場で名乗った名を菅井が口にしたからであろう。

……やはり、大久保だな。

と、菅井は確信した。声も、神谷道場で聞いたような気がした。

「いくぞ!」

菅井は左手で刀の鯉口を切り、右手を柄に添えて居合腰に沈めた。居合の抜刀体勢をとったのである。

「居合か」

武士が驚いたように言った。菅井が居合の遣い手であることを知らなかったようだ。

「おれの居合を受けてみろ!」

言いざま、菅井は摺り足で武士との間合をつめ始めた。

武士は青眼に構え、切っ先を菅井の目線につけた。隙のない構えである。武士は全身に気勢をこめ、気魄で攻めて菅井の寄り身をとめようとした。

菅井はかまわず、武士との間合をつめていく。

オリヤッ！

突如、武士が裂帛《れっぱく》の気合を発し、刀身を突き出した。気合と牽制で、菅井の寄り身をとめ、抜刀の構えをくずそうとしたのだ。

だが、菅井はまったく動じなかった。抜刀体勢のまま武士との間合をつめていく。

菅井が居合の抜きつけの一刀をはなつ間合に迫ったとき、武士が先にしかけた。居合の抜刀の先《せん》をとろうとしたらしい。

武士が鋭い気合を発し、一歩踏み込んで斬り込もうとして刀を振り上げた。

刹那《せつな》、菅井の体が躍った。

タアッ！

裂帛の気合と同時に、菅井の腰元から閃光《せんこう》がはしった。

迅《はや》い！

おそらく、武士には菅井の体捌《たいさば》きも太刀筋も見えなかっただろう。

武士のかぶっていた網代笠がかたむいた瞬間、首筋から血が赤い帯のようにはしった。武士は、痛みも斬られた感じもしなかったにちがいない。熱い血が顔や首筋にかかるのを目の端でとらえ、頭のどこかで、斬られた！　と感知しただけであろう。それほど居合の一颯《いっさつ》は迅かったのだ。

武士は悲鳴も呻《うめ》き声も上げなかった。血飛沫《ちしぶき》を上げながら前によろめき、腰から沈むように転倒した。

菅井は、すぐに動いた。血刀を引っ提げたまま宗之助と対峙している巨軀の武士にむかって疾走した。このままでは、宗之助があやういとみたのである。

菅井は細い目をつり上げ、口をすこしひらいていた。唇の間から、牙のような歯が覗いていている。返り血を浴びた顔が赤く染まり、総髪が乱れて、顔にかかっていた。何とも凄《すさ》まじい形相である。狂乱した悪鬼のようであった。

イヤアッ!

甲声を上げ、菅井が巨軀の武士の右手に迫った。

武士は菅井の姿を目にすると、ギョッ、としたような顔をし、慌てて後じさった。そして、宗之助の左手にいた痩身の武士に、

「向井《むかい》! こやつを斬れ」

と、怒鳴った。痩身の武士は、向井という名らしい。

痩身の武士は、すばやい動きで菅井の前にまわり込んできた。菅井の動きをとめようとしたらしい。

　そのときだった。

　ギャッ！　という絶叫がひびき、源九郎と闘っていた大柄な武士が、身をのけぞらせた。着物の肩口が裂け、血の色がある。源九郎の斬撃をあびたらしい。だが、それほどの深手ではないようだった。

　大柄な武士は源九郎と大きく間合をとると、ふたたび八相に構えた。ただ、刀身が揺れていた。

「お、おのれ！」

　大柄な武士は怒声を上げ、源九郎から逃げるように後じさった。

　宗之助に切っ先をむけていた巨軀の武士は、菅井と闘っていた中背の武士につづいて大柄な武士が源九郎に斬られたのを目にすると、

「引け！」

　と声を上げ、すばやく後じさった。このままでは、宗之助たちを斬るどころか返り討ちに遭うとみたらしい。

　菅井と対峙していた向井と呼ばれた痩身の武士も後じさり、間合をとると、踵《きびす》を返して駆けだした。

巨軀の武士がつづき、さらに植村と対峙していた中背の武士がその場から逃げだした。もうひとり、大柄な武士も刀身を引っ提げまま走りだした。肩先に傷を負っていたが浅手らしく、逃げるにも支障はないようだった。

「逃げ足の速いやつめ」

源九郎は、大柄な武士を追わなかった。もっとも、追っても討つことはできなかっただろう。源九郎は走るのが苦手である。

菅井や宗之助たちも追わなかった。植村が左腕を斬られているのを見て、ふたりは植村のそばに走った。

「かすり傷だ」

植村が苦笑いを浮かべて言った。

確かに浅手のようだった。着物の袖が斬られていたが、血の色はわずかである。

「あやつら、脇坂道場の者たちだな」

菅井が目をつり上げて言った。双眸が底びかりしている。まだ、真剣勝負の昂りが残っているらしい。

「おそらくな。……道場破りにきた三人がいたようだ」

源九郎が言った。

「狙ったのは、宗之助どのの命か」

「まちがいない」

「菅井が、ひとり仕留めたようだな」

源九郎は、菅井が闘っていた辺りに目をやって言った。逃げたのは、四人だけだった。ひとり、残っているはずである。

「あそこにいる」

菅井が指差した。

路傍に横たわっている人影が見えた。物音も呻き声も聞こえなかった。夜陰のなかに、かすかに黒い人影が見えるだけである。

源九郎たちは、横たわっている人影に近付いた。

死んでいた。かぶっていた網代笠は、脇に落ちている。源九郎は、闇のなかに目を凝らして男の顔を見た。

「こやつ、大久保と名乗った男だ」

神谷道場にあらわれた三人のうちのひとりである。

「そのようだ」

菅井がうなずいた。

「手を貸してくれ。このままにしておいては、通りの邪魔だ」

源九郎は、路傍の叢《くさむら》のなかにでも死体を引き込んでおこうと思った。近くの番屋に、辻斬りを返り討ちにしたとでも話して始末してもらえばいい。

# 第四章　反　攻

## 一

道場の床に、六人の男が車座になっていた。道場の隅に燭台が置かれ、蠟燭《ろうそく》の火が男たちの顔を照らしていた。火の色を帯びた男たちの顔に陰影が刻まれ、闇のなかで揺れている。

本郷にある脇坂道場だった。男たちの膝先には、酒の入った貧乏徳利と湯飲みが置いてある。集まっているのは、道場主の脇坂源十郎、師範代の水田勝右衛《かつえ》門《もん》、門弟の桑原仙五郎《くわばらせんごろう》、向井松之丞《まつのじょう》、それに食客の平沢四郎兵衛《ひらさわしろべえ》、佐々木泰蔵《ささきたいぞう》だった。

水田は五十がらみ、長身で首が細く、鶴のように痩せている。平沢は総髪で牢人体だった。のっぺりした顔をしている。佐々木は巨軀《きょく》だった。

門弟の桑原は大柄で赤ら顔。向井は中背で、痩身だった。このふたりと平沢が、一ッ目橋の近くできよや植村たちを襲ったのである。

また、佐々木は道場破りのひとりで、松山と名乗った男である。この場に、三村と名乗った男はいなかった。

「立木《たち》亨之助《ききょうのすけ》は、斬られたようだな」

脇坂が渋い顔をしていた。立木は道場破りのおりに大久保と名乗り、源九郎たちを襲って返り討ちにあった男である。

脇坂は四十代半ばであろうか。長身で、顔が馬のように長かった。鼻が高く、鋭い目をしている。肩幅がひろく、胸に厚い筋肉がついていた。一目で、武芸の修行で鍛えた体であることが分かる。

「伝兵衛長屋の華町と菅井は、なかなかの遣い手だ」

佐々木が低い声で言った。酒のせいか、顔が赭黒《あかぐろ》く染まっている。

「ふたりは、何をしているのだ」

脇坂が訊《き》いた。

「長屋近くの店屋で聞いたのですが、ふたりとも牢人で、華町の生業《なりわい》は傘張りのようです。菅井は、両国広小路で居合抜きの見世物をやっているそうです」

門弟の向井が言った。

「傘張り牢人と大道芸人か」

脇坂が驚いたような顔をして、

「しかも、華町は年寄りというではないか。そんなに、腕が立つのか」

と、念を押すように訊いた。

「ふたりとも、遣い手だ。……まともにやり合ったら、おれも後れをとるかもしれん」

佐々木が厳しい顔をして言った。

「それほどの遣い手か」

「ふたりを討ちとるのは、容易ではないぞ」

「華町と菅井だが、どういうわけで神谷道場に肩入れしているのだ」

脇坂が訊いた。湯飲みを手にしたままである。

「おれたちが、竪川沿いの通りで植村や新之丞を襲ったとき、長屋から駆け付けて植村たちに助太刀したのだ。伝兵衛店が近くなので、知らせた者がいたのだろう」

桑原が低い声で言った。

「なぜ、助太刀したのだ」

脇坂は手にした湯飲みを膝先に置いた。

「分からんが、女ではないかな。……その場に女がいるのを見て、助太刀する気になったのかもしれん。新之丞の母親のきよがいっしょにいたのだ」

「うむ……。小坂と植村の始末がつき、この試合は、楽に勝てるとみていたのだがな。それで、華町と菅井も今度の試合に出るのか」

脇坂が訊いた。その声には苛立《いらだ》ったようなひびきがあった。

「菅井は居合だ。まさか、一刀流の神谷道場の門弟として居合を遣う者が出てくることはあるまい」

そう言って、佐々木が湯飲みを手にした。

酒気を帯びて赭黒く染まった大きな顔が、燭台の火にぼんやりと浮かび上がっている。双眸《そうぼう》が底びかりし、刹鬼《せっき》を思わせるような面貌《おもて》である。

「華町はどうだ」

「分かりません。それがしが聞いた話では、華町は鏡新明智流を遣うようです」

と、向井が言い添えた。

「神谷道場から華町が出るとなると、ふたりは道場主の宗之助と華町ということになるが、もうひとりは、だれだ。……江川か」

試合に出るのは、三人である。

「新之丞ではないでしょうか」

師範代の水田が言うと、

「新之丞なら、おれが斃《たお》す」

佐々木が語気を強くして言った。

「新之丞にしろ江川にしろ、出てくるのは一番手だな」

と、脇坂。

「江川でも、後れをとるようなことはない」

そう言うと、佐々木は手にした酒をグイと飲んだ。

「となると、二番手は華町か。……道場主の宗之助が最後に出るだろうな」

「そんなところだな」

平沢がくぐもった声で言った。この男は酒に強いのか、まったく顔色が変わっていなかった。表情のない顔で、手酌で飲んでいる。

「平沢、華町に勝てるか」

「やってみねば、分からんな。……真剣ならば、斬れるがな」

平沢が、火焔《かえん》斬りは真剣の方が遣いやすいからな、と小声で言った。一瞬、敵の刀身と擦らせるため、木刀や竹刀だと太刀捌《さば》きが遅れるのかもしれない。

「だが、真剣というわけにはいかないぞ。……佐賀さまと細井さまの御前で真剣での斬り合いは、許されまい」

脇坂が不服そうに言った。

「まァ、やってみるさ」

「ところで、宗之助の相手はだれがするのだ。桑原か、脇坂どのか」

佐々木が、脇坂と桑原に目をむけて訊いた。

「それは、お師匠だ。わしらとは、腕がちがう」

水田が言うと、

「おれが、立ち合う」

脇坂が低い声で言った。脇坂の長い顔が燭台の火に照らされ、爛《ただ》れたように赤らんでいた。双眸に火が映じ、熾火《おきび》のようにひかっている。

「宗之助は、柳枝《りゅうし》の構えと称する変わった構えをとる。その構えから繰り出す太刀は、おそろしく迅《はや》い。かわすのは至難だぞ」

佐々木は、源九郎たちを襲ったときに宗之助と闘い、柳枝の構えを目にしていたのだ。

「柳枝の構えか……。わしも、やってみねばどうなるか分からんな。ただ、先のふたりが勝てば、わしの出る幕はないわけだ。そこで、神谷道場との勝負はついてしまうからな。……後は、向井か桑原に頼もう。竹刀を遣って、稽古のつもりでやればいい」

そう言って、脇坂は膝先の湯飲みに手を伸ばした。

いっとき、道場内は重苦しい沈黙につつまれていた。どこからか風が入ってくるらしく燭台の火が揺れ、六人の男たちの顔の陰影を乱している。

「いずれにしろ、このまま座して試合を待つことはない」

脇坂が男たちを見まわし、語気を強くして言った。

「試合の日まで、あと二十日。……これは闘いだ。押し包んで斬ってもかまわん。華町と宗之助を始末しろ」

「承知した」

佐々木が強いひびきのある声で言うと、その場にいた男たちもうなずいた。

二

「華町の旦那、入《へえ》りやすぜ」

孫六の声がして、腰高障子があいた。

源九郎の家の土間に入ってきたのは、孫六、茂次、三太郎、平太の四人だった。家のなかの座敷には源九郎と菅井の姿があった。これで、源九郎の仲間たちが勢揃いしたわけである。

源九郎や宗之助たちが五人の武士に襲われ、反撃してひとり討ち取ってから五日経っていた。

襲われた後、源九郎と菅井は、亀楽で夕めしだけ済ませてそうそうに長屋にもどってきた。そして、源九郎の家で今後どうするか相談したのである。

そのとき、源九郎が、

「菅井、神谷道場に味方して脇坂道場と闘うつもりなら、いまのままでは駄目だぞ」

と、言い出した。たまたま、源九郎と菅井が宗之助たちといっしょにいたから、宗之助と植村は助かったが、ふたりだけなら斬殺されていたはずである。五人の武士は宗之助たちを斃すために、十分な戦力で待ち伏せしていたのだ。

「華町、おまえ、神谷道場から手を引くつもりか」

菅井が源九郎に不審そうな目をむけた。

「金をもらっているから手は引けないが、孫六や茂次たちをあぶない目に遭わせられないからな。それに、これは道場間の争いだぞ」

源九郎は、神谷道場に味方するが、あぶない目に遭わないように深入りしない手もあると思っていた。できるだけ神谷道場の者にまかせて、源九郎たちは頼まれたことだけするのである。それに、道場間の争いがはっきりしてくると、依頼金の二十両はあまりに安いという気がしてきたのだ。

「華町、適当に味方するふりをして、お茶を濁すつもりではあるまいな」

菅井がなじるように言った。

「そ、そんなつもりはない。……わしも、脇坂道場の汚いやり方には腹が立っているからな」

「それなら、やるしかないではないか」

「まァ、そうだ」

「きよどのが、おれに話したのだがな。おれやおまえをあぶない目に遭わせてもうしわけない、いまはできないが、佐賀さまのお屋敷での試合が終われば、あらためてお礼がしたい、そう言っていたぞ」

菅井がきよから聞いたことによると、佐賀家と岩根藩から相応の支度金や報償金が出るのではないかという。

「そうか」

源九郎も、五千石の旗本と大名の依頼で試合をするのだから、何らかの金子《きんす》が神谷道場にも与えられるだろうと思った。

「きよどのは、おれとおまえだけが頼りだとも言っていたのだ」

「うむ……」

菅井は、きよに頼りにされてその気になったらしい、と源九郎は思った。

「華町、おまえが嫌なら、おれひとりでもやるぞ」

菅井が意気込んで言った。

「分かった。わしも、やる。……だが、このままでは宗之助どのの身を守るのはむずかしいぞ」

「たしかにそうだな」

「脇坂たちが襲ってくるのを待っている手はあるまい」

源九郎が言った。

「こちらから、仕掛けるのか」

「そうだ」

「脇坂道場を見張れば、かならず姿をあらわすはずだ」

源九郎は、一ッ目橋の近くできよたちを襲った三人と道場破りにきた三人の顔を見ているので、相手をつきとめるのはそれほど難しくないとみていた。それに、剣の立ち合いという名目で斬ることもできるだろう。

さらに、ひとりだけ向井という名であることも分かっていた。源九郎は松山と名乗った巨軀の武士が、向井と呼んだのを耳にしたのだ。

そうしたことを、源九郎が菅井に話すと、

「おれもおまえも、六人の顔を見ているからな」

と、顔をひきしめて言った。

「それに、ひとりつかまえて、口を割らせる手もある」

すでに、六人のなかで大久保と名乗った男は死んでいたが、他の五人のことや脇坂道場の動きなどは分かるだろう。

「よし、さっそくふたりで本郷へ出かけよう」

菅井は乗り気になっていた。

「いや、孫六と茂次も連れていこう」

源九郎が言った。見張りや尾行は孫六や茂次たちの方が長《た》けていた。連れていけば役に立つだろう。それに、孫六や茂次たちはちかごろ探索に出かけず、長屋で暇を持て余しているようなのだ。

さっそく、源九郎が孫六のところに行って話すと、

「旦那、そういうことなら三太郎と平太も使いやしょう。……ふたりとも、ちかごろ長屋でごろごろしてるようですぜ」

と言い出し、三太郎と平太も使うことにしたのである。

そうした経緯があって、孫六、茂次、三太郎、平太の四人が源九郎の家にやってきたのだ。

「旦那、これから本郷へ出かけやすかい」

孫六が目をひからせて訊いた。

すでに、孫六をとおして茂次たちにも本郷へ行き、脇坂道場を見張ることを話してあったのだ。

「出かけよう」

源九郎は二刀を腰に帯び、網代笠《あじろ》を手にした。小袖に袴姿である。

菅井も網代笠を手にしていた。顔を隠すためである。源九郎と菅井は、きよたちを襲った三人と、三人の道場破りのうち残りのふたりの顔を覚えていたが、向こうも源九郎たちの顔を知っているはずだ。顔を隠さなければ、すぐに気付かれる。

源九郎たち六人は、すこし間をとって歩いた。六人もで、ぞろぞろ歩いていたのでは人目を引く。どこに脇坂道場の門弟たちの目があるか、知れなかった。

源九郎たちは両国橋を渡り、柳原通りを経て湯島に出た。前方右手に、加賀前田家の上屋敷が見えてきたところで、二手に分かれることにした。六人もで固まって道場を見張る必要はなかったのである。

源九郎、孫六、平太の組と、菅井、茂次、三太郎との組に分かれた。源九郎と菅井が別になったのは、ふたりが脇坂道場側の五人の顔を知っていたからである。

前田家の上屋敷の手前にある古刹《こさつ》の前まで来たとき、源九郎が足をとめ、

「菅井たちは、この山門の近くで見張るといい」

と、後ろから歩いてくる菅井たちに言った。

古刹の山門の前の路地を行った先に脇坂道場があり、道場に出入りする者の多くが路地を通るはずである。山門の陰か杜《もり》の樹陰かに身を隠して見張れば、五人のうちのだれかが通るのを目にするかもしれない。

「承知した」

菅井、茂次、三太郎の三人は、古刹の山門にむかった。

## 三

源九郎たち三人はさらに路地を進み、脇坂道場の前を通り過ぎた。道場の前を通ったとき、気合や竹刀を打ち合う音が聞こえた。午後の稽古をしているらしい。

源九郎たちは、道場から一町ほど離れたところにあった笹藪《ささやぶ》の陰に身を隠した。そこは、雑草の茂った空き地で、半分ほどが笹藪になっていた。路地を通るひとの目を逃れることができる。

笹藪の陰から道場に目をやると、笹を透かせて道場の戸口が見えた。遠方で顔までは分からないが、出入りする者の姿は見ることができそうだ。それに、道場の稽古の音も聞きとれた。稽古が終わったのを知ることもできる。

「長丁場になるな」

源九郎は網代笠を取り、頭上に目をやって言った。

陽は西の空にまわっていたが、まだ陽射しは強かった。八ツ半（午後三時）ごろではあるまいか。源九郎は陽が沈んで辺りが暮色に染まるまで、ここで見張りをつづけようと思った。

「旦那、三人もで、雁首《がんくび》をそろえて見張ってることはありませんや。交替で見張りやしょう」

孫六が言った。

「そうだな」

源九郎も交替で見張ればいいと思った。

「まず、あっしが見張りやす。旦那と平太は、休んでてくだせえ」

「では、孫六に頼む」

源九郎は、笹を折って地面に敷いた。立っているのは疲れるので、腰を下ろそうと思ったのである。

平太も、源九郎と同じように笹を敷いて腰を下ろした。

「平太、鳶《とび》の仕事には行っているのか」

源九郎が訊いた。平太は、浅草諏訪町に住む栄造という岡っ引きの手先をしていたが、ふだんは鳶の仕事をしていたのだ。

「亀楽で、旦那から話を聞いた後は孫六親分の指図で動いてやす」

平太が照れたような顔をして言った。

平太は孫六のことを親分と呼んでいた。孫六が、番場町の親分と呼ばれた腕利きの岡っ引きだったことを知っているからである。

「こっちの始末がついたら、鳶の仕事にもどれよ」

源九郎は、若い平太に長く仕事を休ませて怠け癖をつけたくなかったのである。

「へい」

平太は首をすくめるようにうなずいた。

そのとき、孫六が、

「だれか、道場から出てきやしたぜ」

と、言った。身を乗り出すようにして、道場の戸口に目をむけている。

源九郎と平太はすぐに立ち上がった。そして、笹を透かして見ると、道場の戸口から路地に出たらしいふたりの武士が、こちらに向かって歩いてくる。

ふたりとも若侍だった。小袖に袴姿で、剣袋を持っている。門弟らしい。そういえば、道場から聞こえていた稽古の音がやんでいた。稽古を終えた門弟が出てきたようだ。

「旦那、また、出てきた」

平太が言った。

道場の戸口から、ふたり、さらに後から三人出てきた。やはり、門弟のようだ。剣袋を持ったり、剣袋にくくりつけた防具を担いだりしている。

ふたりはこちらに歩いてきたが、後続の三人は反対方向に足をむけた。源九郎たちが歩いてきた路地を、古刹がある方にむかっていく。

先に道場を出てきたふたりが、源九郎たちの前を通りかかった。まったく見覚えのない若侍である。後続の三人も見覚えがなかった。

それから、ふたり、三人と、門弟と思われる武士が通りかかったが、見覚えのある者はいなかった。

小半刻（三十分）ほどすると、道場の戸口から出てくる者はいなくなった。稽古していた門弟たちは、みな道場を出たようだ。

「今度は、あっしが見張りやす」

そう言って、平太が道場の方に目をやった。

「平太に頼むか」

孫六が源九郎のそばに行き、平太が腰を下ろしていた笹の上に腰を下ろそうとしたとき、

「また、出てきた！」

と、平太が声を上げた。

源九郎と孫六は、あらためて笹を透かして道場の方に目をやった。

ふたりの武士が戸口から路地に出て、こちらにむかって歩いてくる。ふたりとも羽織袴姿で、二刀を帯びていた。

「あやつ、道場破りのひとりかもしれんぞ」

源九郎の目に、ふたりのうちの中背の武士が三村と名乗った道場破りのひとりのように見えた。まだ、遠方で顔ははっきりしないが、体軀が似ているような気がしたのだ。

ふたりの武士は、なにやら話しながら源九郎たちのいる方に近付いてくる。その顔がしだいにはっきりしてきた。

「まちがいない！　三村と名乗った男だ」

源九郎は、その顔に見覚えがあった。面長で細い目をしている。神谷道場で、新之丞と一番手に立ち合った男である。

ふたりの武士は、源九郎たちの前を通り過ぎていく。

「旦那、尾《つ》けやすか」

孫六が低い声で訊いた。獲物を前にした猟犬のような顔をしている。腕利きの岡っ引きだったころの顔である。

「孫六と平太が、先に尾けてくれ。わしは、後から行く」

三村と名乗った武士は、源九郎の顔を知っているはずだった。振り返って、源九郎の姿を目にすれば、尾行されていると気付くだろう。

「承知しやした」

孫六は、「平太、行くぜ」と小声で言い、足音をたてないように笹藪の陰から路地に出た。すぐに、平太が孫六の後ろについた。

源九郎は網代笠をかぶり、孫六と平太の姿が路地の先に遠ざかってから路地に出た。孫六と平太は、先を行くふたりの武士から半町ほどの距離をとって尾けていく。

……わしは、孫六たちを尾ければいいのだ。

源九郎は、さらに孫六たちから半町ほど間をおいて歩きだした。尾行は楽だった。孫六たちの背を見て歩けばいいのである。

路地沿いには、小身の旗本や御家人の屋敷がつづいていた。ふたりの武士はしばらく西にむかって歩き、武家屋敷の木戸門の前で足をとめた。

遠方ではっきりしないが、三村と名乗った武士が木戸門からなかに入ったようだ。もうひとりの武士は、そのまま路地を西にむかっていく。

……あれが、三村の家だな。

源九郎は、胸の内でつぶやいた。

平太だけが斜《はす》向かいの武家屋敷の板塀の陰に隠れ、孫六は西にむかったもうひとりの武士の跡を尾けていった。

源九郎は、平太が身を隠している板塀の陰にまわった。

「華町の旦那、やつはあの門から入りやしたぜ」

平太が斜向かいにある木戸門を指差して言った。

長屋門ではないので、百石ほどの御家人の屋敷であろう。

「だれの屋敷か知りたいが——」

源九郎は、この場に身を隠して話の聞けそうな者が通りかかるのを待とうと思った。

それから、小半刻（三十分）ほどすると、陽は武家屋敷の家並の向こうに沈み、西の空が夕焼けに染まってきた。まだ、暮れ六ッ（午後六時）の鐘は鳴らないが、しばらくすると路地も暮色に染まり始めるだろう。

「旦那、あのお侍はどうです」

平太が言った。

老齢の武士がひとり、長屋門のある屋敷の前を通り過ぎ、こちらに歩いてくる。袴は穿《は》かず、袖無しに小袖を着流していた。隠居した武士のようである。

「あの武士に訊いてみよう」

源九郎は板塀の陰から路地に出て、老武士に歩を寄せた。平太は小者のようなふりをして跟《つ》いてきた。

「しばし、ちと、お訊きしたいことがござるが」

源九郎が老武士に声をかけた。

「わしかな」

老武士は足をとめて源九郎に目をむけた。

「お手間をとらせては、もうしわけない。歩きながらで結構でござる」

そう言って、源九郎は老武士といっしょに歩きだした。

「そこに、木戸門を構えた屋敷がござるな。さきほど、わしがむかし世話になったお方の倅とよく似た御仁《ごじん》が入っていったのだが、どなたのお屋敷でござろうな」

源九郎がもっともらしい顔をして訊いた。

「安達泉兵衛《あだちせんべえ》さまの屋敷だよ。倅なら弥之助《やのすけ》どのだな」

老武士がしゃがれ声で言った。

どうやら、三村は安達弥之助という名らしい。

「やはり、弥之助どのか。……それで、さきほど弥之助どのといっしょに屋敷の前まで来た御仁がいるのだが、どなたかな。しきりに剣術道場の話をされていたが」

源九郎はふたりの話を耳にしたわけではないが、そう言ったのである。

「森川《もりかわ》どのの嫡男の栄三郎《えいざぶろう》どのではないかな。たしか、弥之助どのといっしょに脇坂道場に通っていると聞いている」

「森川栄三郎どのか、いや、お手間をとらせましたな」

そう言って、源九郎は足をとめた。今日のところは、これだけ聞けば十分である。安達といっしょにいた武士は森川栄三郎という名で、森川家の嫡男らしい。

源九郎と平太は老武士の姿が離れてから、武家屋敷の板塀の陰にもどった。安達家を見張るというより、そこで孫六がもどるのを待つことにしたのだ。

辺りが夕闇に染まったころ、孫六がもどってきた。

源九郎たちは、すぐにその場を離れた。はぐれ長屋に向かいながら孫六に跡を尾けた武士のことを訊くと、

「屋敷の近くを通りかかった中間《ちゅうげん》から聞いたんですがね。名は森川栄三郎で、御家人の嫡男だそうでさァ」

孫六が中間から聞いた話によると、栄三郎はちかごろ森川家を継いで出仕することが決まっているという。

「森川も脇坂道場の門弟らしいな」

源九郎が老武士から聞いた話と孫六が聞き込んだことは一致していた。

「そのようで」

「いずれにしろ、森川という男は、此度《こたび》の道場間の試合にかかわりあるまい」

源九郎は、家督相続と出仕の決まっている者が、他道場の者を襲うような危ない橋を渡るはずはないと思ったのである。

# 四

源九郎たちが本郷へ出かけた翌日、源九郎の家に六人の男が集まった。五ッ半（午前九時）ごろである。それぞれが、家で朝めしを食ってきたので、源九郎は茶を淹《い》れた。気をきかせて、孫六や茂次は湯飲みを持参してきていた。

源九郎は茶をすすった後、

「わしらから話そうか」

と切り出し、脇坂道場から出てきたふたりの跡を尾け、ひとりが三村と名乗った男で、名は安達弥之助、御家人の三男であることを話した。もうひとりは、森川栄三郎という男だが、此度《こたび》の件にはかかわりがないようだ、とつけくわえた。

源九郎の話が終わると、

「おれたちも、ひとりつかんだぞ」

と、菅井が言った。

菅井と茂次が話したことによると、菅井たちは路地を歩いてきた門弟のなかに顔に見覚えのある中背で、痩身の武士がいたという。

「そやつが向井でな、名は松之丞。おれたち三人は、向井の跡を尾けたのだ」

向井は中山道へ出ると、南にむかい、湯島の聖堂の裏手を通って湯島一丁目に入った。そして、中山道から左手におれ、町家のつづく路地をたどったという。

「向井は、神田川に突き当たる手前まで来てな、小体《こてい》な仕舞屋《しもたや》に入ったのだ」

菅井がそこまで話すと、茂次が後をつづけた。

「あっしが、近くの八百屋の親爺に聞いたんですがね。向井は、その家に女と住んでるようでさァ」

茂次によると、その仕舞屋は借家らしいという。

「すると、向井は牢人か」

「そのようで……。女は囲い者かもしれやせんぜ」

「向井の生業はなんだ。よくそんな金があるな」

牢人の身で借家に妾を囲うほどの金があるのか、源九郎は不審に思ったのだ。

すると菅井が、茂次につづいて、

「おれも、八百屋の親爺に訊いてみたのだがな。向井の家は旗本だそうだ。……家禄は知らないが、家から金を持ち出したのではないのか」

と、菅井が言った。

「そうかもしれん」

向井は遊蕩《ゆうとう》な男で家から金を持ち出し、屋敷にいられなくなって出たのかもしれない。

「ともかく、これで、安達と向井の住家が分かったわけだな」

「どうする。ふたりをしばらく尾けてみるか」

「いや、それよりふたりのうちのどちらかを押さえて、話を訊いた方が早いだろう」

源九郎は、多少手荒なことをしてもかまわないと思った。これまで、脇坂側の待ち伏せに遭い、何度か斬り合いをしている。しかも、小坂と植村は当分竹刀も振れないほどの深手を負わされているのだ。これは道場間の争いであり、すでに闘いは始まっているといっていい。

「どちらを狙う」

菅井が訊いた。

孫六たちは緊張した面持ちで、源九郎と菅井のやり取りに目をむけている。

「安達の屋敷からは脇坂道場まで近いし、仕掛けるような場所はないな。それで、向井の方はどうだ」

源九郎が菅井に訊いた。

菅井によると、仕舞屋を出て中山道に出るまでの間に、人家がとぎれて藪や雑木林になっている地があるという。

「そこなら、人目につくまい」

菅井が言うと、茂次が、

「向井を押さえるにはいい場所ですぜ」

と、小声で言い添えた。

「よし、向井を押さえよう」

「いつやる」

「早い方がいいな。だいぶ、試合まで近付いてきたからな」

試合の行われる二月の十五日まで、あと十八日だった。脇坂たちは試合までには、何か仕掛けてくるはずである。まだ日数はあったが、仕掛けるとすれば試合間近ではないだろう。

「明日やるか」

「いいだろう」

源九郎たちは明日仕掛けることにし、その場で手筈《てはず》を相談した。

「あるぞ」

翌朝、茂次、三太郎、平太の三人は朝めしをすますと、すぐに湯島に出かけた。向井の住む仕舞屋を見張るためである。足の速い平太も同行し、何かあれば平太が長屋に知らせにくることになった。

源九郎、菅井、孫六の三人は、早目に昼食をすませて湯島にむかった。昨日、向井は脇坂道場の午後の稽古に出たらしいので、今日も出かけるなら午後だとみたのである。

源九郎たちは両国橋を渡り、柳原通りを経て昌平橋を渡った。そして、中山道をたどり、湯島の聖堂の裏手を通ってさらに北に歩くと、

「こっちだ」

と菅井が言って、左手の路地に入った。

路地沿いには小体な武家屋敷がつづいていたが、やがて人家がとぎれ、空き地や雑木の疎林などの目立つ寂しい地になった。

「この辺りで、仕掛けたらどうかな」

菅井が、雑木の疎林がつづいている地を指差して言った。

「いいな。林のなかに引き込めば、見咎《みとが》められることはあるまい」

源九郎は、向井から話を訊くにもいい場所だと思った。

すこし歩くと、雑木の疎林や空き地はなくなり、路地沿いに人家が見られるようになった。右手は武家地で小体な武家屋敷がつづき、左手は町人地らしく小店や仕舞屋などが目についた。

「その草藪の先だ」

菅井が前方を指差した。

笹や芒《すすき》など丈の高い雑草がはびこっている空き地の向こうに、小体な仕舞屋があった。向井が妾を囲っている家らしい。

「あそこに、三太郎と平太がいやすぜ」

孫六が、空き地の隅の灌木《かんぼく》の陰を指差した。言われて見ないと分からないが、ふたつの人影があった。三太郎と平太らしい。

「あっしらも、行きやすか」

孫六と源九郎は、三太郎たちのいる灌木の陰にまわった。

「どうだ、様子は」

源九郎が訊いた。

「向井は家にいるようですぜ」

三太郎が、間延びした声で言った。三太郎の物言いはいつもそうである。のんびりした性格なのだ。

「茂次は」

「茂次兄いは、いま家の様子を見にいってやす」

平太が早口でしゃべったことによると、茂次は仕舞屋の脇に身を寄せて、家のなかの話し声を聞いているという。

「すぐに、もどってこよう」

源九郎たちは、その場で茂次がもどるのを待つことにした。

それから小半刻（三十分）ほどすると、茂次がもどってきた。

「そろそろ、向井が出てきやすぜ」

茂次によると、向井は道場に出かける支度をしていたという。向井と女とのやり取りで、分かったそうだ。

「よし、さきほどの場所で、向井を押さえよう」

源九郎は、来るとき見ておいた雑木林のある場所で向井が来るのを待つことにした。

五

「華町、おれがやる」

菅井が目をひからせて言った。

「居合を遣うのか」

源九郎は、峰打ちで向井を仕留めようと思っていたのだ。居合で向井を斬ってしまっては話を聞くことができない。

「なに、向こうがやった手を遣うさ」

菅井は居合で向井の腕を一本斬り、刀を遣えないようにするという。

「それなら、菅井に頼むか」

菅井なら、腕だけ狙うこともできる。源九郎は、向井の後ろにまわって逃げ道をふさごうと思った。

源九郎、菅井、孫六、三太郎の四人が、路地沿いの雑木林のなかにいた。茂次はふたたびその場を離れ、平太とともに妾宅を見張っていて、家を出たら知らせに来る手筈になっていた。

そのとき、林のなかの灌木の陰で路地の先に目をやっていた孫六が、

「平太が、来やすぜ」

と、源九郎たちに小声で知らせた。

見ると、平太が走ってくる。速い。すっとび平太と呼ばれるだけあって、駿《しゅん》足《そく》である。

平太は源九郎たちのそばに走り寄ると、

「向井が来やす！」

と、声を上げた。

「向井、ひとりか」

源九郎が訊いた。ひとりかどうか、気になっていたのである。

「へい、ひとりで」

「菅井、手筈どおりだ」

源九郎が菅井に目をむけて言った。

「よし」

菅井が、まかせておけ、というふうに刀の柄をかるくたたいた。

路地の先に向井の姿が見えた。ひとりである。羽織、袴姿で二刀を帯びていた。向井の後方に茂次の姿がちいさく見えた。後を尾けてきたらしい。

すでに、源九郎は菅井から離れて身を隠していた。向井の後ろにまわり逃げ道をふさぐためである。

向井が近付いたとき、菅井が身を隠していた灌木の陰から飛び出した。ザザッ、と灌木の枝葉を分ける音がし、菅井が向井の前に飛び出した。

ギョッ、としたように、向井が身を硬くしてつっ立った。咄嗟《とっさ》に、野犬でも飛び出してきたと思ったようだ。

だが、すぐに菅井だと分かったらしく、

「菅井か！」

向井は叫びざま、刀の柄に手をかけた。

だが、抜かずに後じさりながら振り返った。逃げようとしたらしい。

そのとき、源九郎が向井の後方に姿をあらわした。向井は足をとめて菅井と対《たい》峙《じ》した。逃げられないと思ったらしい。

菅井は左手で刀の鯉口を切り、右手を柄に添え、すこし前屈みの恰好《かっこう》で向井に迫っていく。抜き打ちに向井を仕留めるつもりなのだ。

「おのれ！」

向井が、刀を抜こうとして左手で鯉口を切った。

そこへ、菅井が踏み込んだ。素早い寄り身である。

イヤアッ！

裂帛《れっぱく》の気合とともに菅井が抜き付けた。

シャッ、という刀身の鞘走る音がし、菅井の腰元から閃光《せんこう》がはしった。

迅い！

抜きつけの一刀が、刀を抜きかけた向井の右腕をとらえた。向井は菅井の斬撃をかわす間もなかった。

ザクッ、と着物の右袖が裂けた。

向井は絶叫を上げ、後ろへよろめいた。だらりと右腕が下がり、あらわになった右の二の腕から血が迸《ほとばし》り出た。

菅井の動きは、それでとまらなかった。素早い寄り身で向井に迫り、手にしていた刀の切っ先を向井の喉元に突き付けた。

「動くな！　首を落とすぞ」

菅井が、向井を睨みながら言った。

顎のしゃくれた般若《はんにゃ》のような顔が紅潮し、細い目が切っ先のようにひかっている。相手を竦《すく》ませるような凄《すご》みがある。

向井はひき攣《つ》ったような顔をして、その場に立ち竦んだ。右手から噴出した血が袖を染め、たらたらと滴り落ちている。

そこへ、源九郎や茂次たちが駆け付け、向井を取りかこんだ。

「こっちへ来い！」

菅井が、向井の喉元に切っ先を突き付けたまま雑木林の灌木の陰に向井を連れていった。

向井の右腕からの出血は激しかった。流れ出た血が、垂らした腕の指先や着物の袖口から滴り落ちていた。向井の顔は土気色をし、体が小刻みに顫《ふる》えている。

「向井、血をとめねば死ぬぞ」

源九郎が低い声で言った。

「……！」

向井の顔が恐怖にゆがみ、体の顫えがさらに激しくなった。

源九郎は懐から手ぬぐいを取り出すと、

「血をとめておいてやろう。……死にたくなかったら、動くな」

そう言って、茂次にも手伝わせて、向井の斬られた二の腕の肩のちかくを強く縛った。血の流れをとめて、出血をとめようとしたのである。

向井は右腕を源九郎たちにむけ、なすがままになっていた。傷口からの出血はとまらなかったが、だいぶ収まってきた。

「これで、命にかかわるようなことはあるまい」

向井の顔から恐怖の色が薄れ、戸惑うような表情が浮いた。源九郎が傷の手当てをしたので、意外に思ったのだろう。

「向井、おまえが何をしたかは訊かぬが、神谷道場の者やわしらを襲った者たちの名を話してもらおうか」

源九郎が、おだやかな声で切り出した。

「……………」

向井は困惑したような顔をして口をつぐんでいる。

六

「向井、いまさら、名を隠してもどうにもなるまい。それに、脇坂道場の門弟に訊けばすぐ分かることだ」

源九郎が向井を見つめながら言った。

「まず、神谷道場に来た三人のことについて訊くか。松山と名乗った男は？」

「佐々木泰蔵どの……」

向井が小声で答えた。

さらに、源九郎がもうひとりの大久保と名乗った男の名を訊くと、立木享之助とのことだった。また、三村を名乗った安達と立木は脇坂道場の門弟だが、佐々木だけは道場に寝泊まりしている食客だという。

「一ッ目橋近くで、神谷道場の者たちを襲った他のふたりは」

源九郎は他のふたりの名も訊き出そうとした。

「桑原仙五郎どの」

向井によると、大柄な武士が桑原仙五郎だという。また、総髪の牢人は平沢四郎兵衛とのことだった。桑原は門弟で、平沢は脇坂道場の食客だそうである。

「すると、道場に寝泊まりしている食客は、佐々木、平沢の二人だけか」

「そうだ」

源九郎が訊いた。

「おぬしらは、脇坂の指図で神谷道場の者たちを襲っているようだが、佐賀屋敷で行われる試合に勝つためか」

「……」

向井は答えなかったが、ちいさくうなずいた。

「卑怯《ひきよう》ではないか。試合に出る者を襲って腕を斬り、試合に出られなくするとはな」

源九郎が言った。

「ひ、卑怯ではない。すでに、神谷道場との試合は始まっているのだ。油断をした方が悪いのだ」

向井が声をつまらせて言った。

「まァ、わしらも脇坂道場のやり方を悪くばかりは言えんがな。……こうやって、おぬしを捕らえ、脇坂道場の様子を聞き出そうとしているのだからな」

「………」

「いずれにしろ、脇坂道場では、まだ道場主の宗之助どのや新之丞どのを狙っているということだな」

「おぬしもな」

向井が、源九郎を睨むように見すえて言った。

「わしもか……。こんな老いぼれを狙ってどうする」

源九郎が驚いたような顔をして訊いた。

「おぬしも、試合に出るとみている」

「菅井はどうなのだ」

「居合を遣う菅井は、一刀流一門として出ることはあるまい」

「なるほど」

どうやら、脇坂たちは神谷道場から試合に出る三人を読み、強敵とみなした相手に傷を負わせて出場できなくする策をたてているようだ。

「向井、そんなことまでして試合に勝ちたいのか」

脇から菅井が言った。声に、怒りのひびきがある。

「おれが、勝ちたいのではない。お師匠、それに桑原どのや佐々木どのだ」

向井が隠さずに話すようになってきた。自分の置かれている立場が分かったせいもあるのだろうが、源九郎が傷の手当てをしたことで、いくぶん気持ちがやわらいだにちがいない。

「脇坂道場の名を上げて、佐賀家の屋敷に出入りできるようにするためか」

源九郎が訊いた。

「それだけではない、岩根藩の剣術指南役になれば、仕官の道もひらける」

向井によると、脇坂たちの狙いは岩根藩の剣術指南役になることだという。剣術指南役になれば、藩邸での指南のおりに脇坂一門の腕の立つ者を同行して藩に売り込むことができる。そうすれば、仕官の道もひらけるという。

なかでも桑原と佐々木は腕に覚えがあることもあり、神谷道場に勝つために積極的に動いているそうだ。

「そういうことか」

源九郎は、脇坂道場側の思惑と門弟たちの動きが読めた。

「ところで、平沢は仕官を望んでいないのか」

源九郎が訊いた。平沢は総髪の牢人体である。仕官を望んでいるなら、武家らしい恰好に変えるだろう。

「平沢どのは、堅苦しい大名家に仕官する気はないようだ。……これからも、食客として道場で気楽に暮らしたいらしい」

「平沢は、火焔斬りとかいう剣を遣うそうだな」

源九郎は植村から聞いていたのだ。

「おそろしい剣だ。……おぬしも、勝てぬだろうな」

向井が源九郎を上目遣いに見て言った。

「うむ……」

源九郎は向井の言葉から、試合のおりに平沢が脇坂側のひとりとして試合に出るのではないかと思った。そして、源九郎が出る順を読んで、平沢をぶつけてくるつもりではあるまいか。

そのとき、菅井が、

「おい、脇坂道場ではだれが試合に出るのだ」

と、訊いた。菅井も、平沢が試合に出るらしいとみたようだ。

「おれにも、はっきりしたことは分からん。お師匠が決めることだ。それに、状況が変われば、出る者も変わるはずだ」

向井が意味ありそうな目をして言った。

「……………」

試合までの間、脇坂たちは宗之助や源九郎を狙って仕掛けてくるつもりなのだ。その結果で、試合に出る者も変わるということらしい。

源九郎たちが口をつぐんでいると、

「おれの用はすんだようだな」

と、向井が言って、その場を去ろうとした。顔に苦痛の色があった。右腕が痛むのであろう。

「向井、どこへ行く」

源九郎が訊いた。

「道場だ」

「やめておけ。……その傷だが、そのままにしておいたら、おぬし、死ぬぞ。……このまま帰って医者に見せた方がいいな」

源九郎は、向井が死ぬとは思わなかったがそう言ったのだ。

「それに、稽古はしばらくできん。……おぬしが、おれたちのことを脇坂たちに話すのはかまわんが、わしたちに腕を斬られて試合のことを話したことが知れれば、脇坂たちはおまえのことをよく思わないのではないのか」

「……！」

向井の視線が戸惑うように揺れた。

「ともかく、命が惜しかったら、傷の手当てが先だな」

「分かった」

向井はそうつぶやいて源九郎たちから離れると、路地に出て仕舞屋の方に足をむけた。道場には行かないらしい。

「華町、やつを見逃してもいいのか」

菅井が訊いた。

「いいさ、向井がわしらのことを話そうが話すまいが、脇坂たちが宗之助どのやわしらを狙ってくることに変わりはない」

それに、源九郎は、佐賀屋敷での試合が終わるまで、向井は脇坂道場に行かないような気がした。

# 第五章　奇　剣

## 一

道場から、気合や竹刀を打ち合う音が聞こえてきた。まだ、神谷道場では午後の稽古がつづいているらしい。

七ッ（午後四時）ごろだった。源九郎と菅井は、神谷道場の母屋の座敷にいた。座敷には、きよと植村の姿もあった。源九郎たちの膝先には湯飲みが置いてある。きよが淹《い》れてくれたのだ。

源九郎たちが、向井から話を訊《き》いた翌日だった。源九郎たちは向井から聞いたことを宗之助たちに話し、今後どうするか相談するために道場に来たのである。

「そろそろ、稽古は終わるはずです」

きよは、恐縮したような顔をしていた。源九郎たちを待たせていたからであろう。

宗之助は、稽古を終えてから母屋に来ることになっていた。源九郎たちが、呼びにいった植村に宗之助の稽古が終わってから座敷に来るように頼んだのである。

それからいっときすると、道場の稽古の音がやんだ。稽古が終わったらしい。宗之助は小袖に袴姿で、手ぬぐいで汗を拭きながら座敷に入ってきた。稽古を終えて間もないため顔が紅潮し、額や首筋に汗が浮いている。

新之丞は姿を見せなかった。道場で、残り稽古でもしているのかもしれない。

「お待たせして、もうしわけござらぬ」

宗之助が、慌てた様子で源九郎たちの前に膝を折った。口許に笑みが浮いていたが、うつけを思わせるような顔ではなかった。精悍《せいかん》そうに見える。おそらく、稽古の後だからだろう。

「いや、すまぬのはこちらだ。稽古が終わるのを見計らってくればよかったのだがな」

源九郎が言うと、菅井もうなずいた。

「何か、おりいって話があるとか」

宗之助が声をあらためて訊いた。

「脇坂道場のことでな。いろいろ知れたので、そこもとたちの耳に入れておこうと思ったのだ」

「聞かせてくれ」

宗之助が源九郎を見つめて言った。物言いも、道場主らしくなってきた。

きよと植村も緊張した顔つきで、源九郎に目をむけている。

「脇坂道場の門弟から聞き出したのだがな。やはり、宗之助どののやわしらを襲うつもりらしいな」

源九郎は、向井を襲ったことは口にしなかった。

「やはり、そうか。実は、それがしも懸念していたのだ」

宗之助が、眉を寄せて言った。

「何かあったかな」

「実は、門弟がふたり、稽古から帰る途中、見知らぬ武士に呼びとめられ、道場の様子をいろいろ訊かれたようなのだ」

「宗之助どのの動向を探ったのではないかな」

「それが、それがしのことだけではないようだ」

宗之助が門弟から聞いた話によると、道場の稽古の様子から始まって母屋に寝泊まりしている者や伝兵衛長屋とのかかわりなどを訊かれたという。

「門弟は話したのか」

「話したらしい。相手が道場に入門したいと言ったため、門弟は訊かれるままに答えたようだ」

「そやつ、宗之助どのやわしたちのことを探ったようだが、それだけではないな」

源九郎は、武士が母屋に寝泊まりしている者のことまで訊いたことが気になった。

そのとき、黙ってやり取りを聞いていたきよが、

「脇坂道場の者は、門弟たちが帰った後を狙って道場を襲うのではないかと懸念しております」

と、心配そうな顔をして言った。

「それは、まずい」

ふいに、菅井が声を大きくして言った。

「暗くなってからここに残るのは、宗之助どのと新之丞どの、それにきよどのだけではないのか」

「そうです」

「まずい、脇坂道場の者が、五、六人で押し込んできたら、太刀打ちできないぞ」

菅井が語気を強くして言った。

「菅井の言うとおりだ」

襲撃者たちが、きよに手を出すことはあるまいが、宗之助と新之丞は斬殺されるかもしれない。

「華町さま、菅井さま、ご助勢いただけませんか」

きよが、源九郎と菅井にすがるような目をむけた。

「きよどの、われらが、命にかえてもお守りしますぞ」

菅井が身を乗り出すようにしてきよに言い、すぐに源九郎に顔をむけて、

「華町、やるな」

と、念を押すように言った。

「やる……」

源九郎は胸の内で、菅井のやつ、此《こ》の期に及んで、まだきよどのの気を引こうとしておる、と思ったが、何も言わなかった。

「ありがとうございます」

きよは、菅井と源九郎にあらためて頭を下げた。

「試合の日まで、きよどのや宗之助どのに伝兵衛店に来てもらう手もあるが……。華町、どうしたものかな」

菅井が源九郎に訊いた。

「長屋に来てもらうのはまずいな」

源九郎は、かりに宗之助たちが長屋に寝泊まりしても、道場への行き帰りに襲われるのではないかと思った。それに、長屋の住人たちが巻き添えになるかもしれない。

「いや、華町どのたちに、そのような厄介《やっかい》はかけられぬ。それに、脇坂道場の者たちを恐れて長屋に身を隠したことが門弟たちに知れれば、道場はやっていけなくなる」

宗之助がめずらしく強い口調で言った。

「わしたちが、道場に寝泊まりするしかないな」

源九郎が言った。

「きよどの、道場に寝泊まりさせてもらってかまわんか」

菅井がきよに訊いた。

「そうしていただければ、ありがたいのですが……」

きよが、もうしわけなさそうに肩をすぼめて言った。道場に寝泊まりさせるのは、心苦しいのであろう。

「おれも、力になれればいいのだが……。そうだ、江川にも頼もう」

植村が言った。

源九郎は、江川もいてくれれば助かると思った。味方は、宗之助、新之丞、源九郎、菅井、江川の五人ということになる。脇坂たちは、これほど大勢で宗之助たちを守っているとは、思っていないはずだ。押し入ってくる人数によっては、返り討ちにすることもできる。

「それで、いつからここで寝泊まりするかな」

菅井が源九郎に訊いた。

「今夜からだな」

試合の日まで、あと十六日である。今夜にも、脇坂たちは道場を襲ってくるかもしれない。

「承知した」

菅井が顔をひきしめてうなずいた。

それから、源九郎は脇坂道場には食客として平沢四郎兵衛なる腕の立つ牢人がいて、試合に出るらしいことを話した。

「そやつ、火焔《かえん》斬りを遣う牢人ではないかな」

すぐに、植村が言った。自分の腕を斬った牢人なので、すぐに分かったようだ。

「そのようだ」

「強敵だな」

宗之助も顔をひきしめた。

「それに、道場主の脇坂も出るだろうな。……ほかにも、桑原や佐々木という遣い手がいるらしい」

源九郎が言うと、きよと植村の顔がこわばった。容易な相手ではないとあらためて思ったようだ。

「どうだ、明日から試合に出る脇坂道場の者を予想し、稽古をしてみんか」

源九郎はいまからでは遅いと思ったが、闘う相手を予想し、破るための工夫をすこしでもしておけば、敵と切っ先を向け合ったとき、戸惑いや怯《おび》えなどをいだかずに済むはずである。

剣の闘いにおいて、敵と対峙《たいじ》したとき、心の内に戸惑いや怯えなどが生じると大きな障害になる。

源九郎自身も、試合前にそうした工夫をしておくつもりだった。平沢の遣う火焔斬りの太刀筋だけでも知っておけば、切っ先を交えたとき慌てずに済むだろう。

「それはありがたい。それがしも、そのつもりでいたのだ」

めずらしく、宗之助が昂《たかぶ》った声で言った。

二

四ツ（午後十時）ごろであろうか。道場の武者窓から、淡い月光が忍び込んでいた。道場内は深い闇につつまれていたが、わずかな月明りで、黒い人影だけはぼんやりと識別できた。

源九郎、菅井、江川の三人は、道場内にいた。いつ押し入ってくるかしれない脇坂たちに備えて、道場内で寝ることにしたのだ。道場内の床に夜具が延べてあり、源九郎と菅井が横になっていた。ただ、眠ってはいない。まだ、目が覚めていた。それに、小袖と袴姿で、枕元には刀が置いてある。

江川は道場の戸口近くで、腰を下ろしていた。そこから、道場の外の気配をうかがっている。

源九郎たち三人は交替で起きていて、脇坂たちが母屋に踏み込む前に宗之助たちのいる母屋に知らせることにしてあった。母屋には、宗之助、新之丞、きよの三人がいるが、道場と同じように交替でひとりは起きているはずである。

「華町、脇坂たちは押し入って来るかな」

菅井が源九郎だけに聞こえる声で訊いた。

「来るな」

脇坂たちは、かならず母屋にいる宗之助たちを襲う、と源九郎はみていた。

「今夜とみるか」

「それは分からんが、ちかいうちだな」

源九郎は、試合の日が押しつまってからではなく、近日中に仕掛けて来るような気がしていた。

「華町、おまえ、火焔斬りとやることになったら勝てるのか」

菅井の声に、心配そうなひびきがあった。源九郎を案じているらしい。

「どうかな」

「おれがやろうか」

「おまえ、居合は遣えんぞ」

「なに、脇に構えて居合の呼吸で斬りつける手もある」

竹刀や木刀を脇に構え、居合の呼吸で打ち込むつもりらしい。

「だめだな。平沢や脇坂にはつうじまい」

源九郎は、菅井がそうした手を遣うことがあることは知っていたが、相手が平沢や脇坂では無理である。

「うむ……」

菅井は黙った。菅井も居合を遣わずに、平沢や脇坂に勝つのはむずかしいと分かっているようだ。

「なに、なんとかなる。それに、わしには火焔斬りと立ち合ってみたい気もあるのだ」

源九郎は、ひとりの剣客として平沢の遣う火焔斬りと勝負してみたい気があった。剣で生きてきた者には、精妙な剣と闘ってみたい気持ちがいつでもある。

「そうか」

菅井はつぶやくような声で言っただけで、口をつぐんでしまった。

その夜、脇坂たちは姿を見せなかった。

翌日、源九郎たちは母屋で朝餉《あさげ》を馳走してもらった後、植村が姿を見せるのを待ってから道場へ入った。門弟の稽古が始まる前、脇坂や平沢の遣う剣を想定し、刀法の工夫をするつもりだった。

「まず、火焔斬りからだな。植村どの、その構えから見せてくれ」

源九郎が植村に頼んだ。植村は火焔斬りに腕を斬られていたので、その刀法を知っているはずである。

道場には、源九郎、菅井、江川、宗之助、新之丞、植村の六人が集まっていた。いずれも、剣客らしい鋭い目を植村にむけている。

「平沢は下段に構え、おれは、八相に構えをとった」

植村は左手に持った木刀をゆっくりと下段に下げて見せた。右手は竹刀や木刀を持つことはできたが、まだ振りまわすことはできない。

「おれも、やってみよう」

宗之助が植村の真似をして下段に構えた。

「力みのないゆったりとした構えだった。……この構えから、すこしずつ間合をつめてくる」

植村が、足裏を摺《す》るようにして前に出た。

「そうして、打ち込みの間合に入ると、すぐに仕掛けてきた。刀を一尺ほど上げ、斬り込んでくる気配を見せたのだ」

植村が言うと、すぐに宗之助が木刀を一尺ほど上げて、打ち込みの気配を見せた。植村は左手でだけなので、すばやく木刀があつかえなかった。それで、宗之助が代わりにやって見せたのである。

「先に仕掛けたのは、おれだった。平沢は下段から受けづらいとみて、八相から袈裟《けさ》に斬り込んだのだ」

すぐに、宗之助が八相から袈裟に打ち込んだ。俊敏な動きである。

「すると、平沢が間をおかずに下段から逆袈裟に斬り上げた。そのとき、刀の擦れるような音がし、火花が逆袈裟にはしった。……青白い火花が火焔のように目に映ったとき、おれは右腕を斬られていたのだ」

植村がけわしい顔で言った。

「おそらく、平沢は逆袈裟に斬り上げて、植村どのの刀を擦り上げたのだな。そして、擦り上げた刀を返しざま、右腕を狙って斬り下ろした」

源九郎が言った。

「こうか」

宗之助が、逆袈裟に斬り上げた木刀を返して、斬り下ろして見せた。すばやい太刀捌《さば》きである。

「だが、おれには平沢の太刀筋が見えなかったぞ」

植村が言った。

「火焔だな」

「火焔……」

宗之助が源九郎に目をやってつぶやいた。

「そのとき、青白い火花が火焔のように植村どのの目に残り、平沢の太刀筋が見えなかったにちがいない。……むろん、見えないほど平沢の太刀捌きが迅《はや》かったこともある」

植村の目を奪った火焔の残像が平沢の太刀筋を隠すとともに、植村の一瞬の反応をにぶくしたのではあるまいか。

源九郎がそのことを話すと、

「咄嗟《とっさ》のことで分からなかったが、そうかもしれん」

植村がこわばった顔でうなずいた。

「華町どの、やってみるか。……まず、おれが平沢の太刀筋を真似てみよう」

宗之助が勢い込んで言った。宗之助もひとりの剣客として、火焔斬りに強い関心をもったようだ。

「よし」

すぐに、源九郎は四間ほどの間合をとって宗之助と対峙した。

源九郎が植村になり、宗之助が平沢の火焔斬りを遣ってみるのである。

宗之助が下段に構え、源九郎は八相に構えた。

「まいる！」

宗之助が、足裏を摺るようにして間合をせばめ始めた。力みのないゆったりとした構えである。

源九郎は八相に構え、宗之助が打ち込みの間合に入るのを待った。

宗之助は打ち込みの間合に入るや否や木刀を下段から一尺ほど上げて、打ち込みの気をはなった。

タアッ！

すかさず、源九郎が打ち込んだ。

八相から袈裟へ。

間髪をいれず、宗之助が下段から逆袈裟に木刀を撥《は》ね上げた。一瞬の反応である。

戛《かっ》、と乾いた音がひびいた瞬間、源九郎の木刀がはじかれてそれ、宗之助の肩先をかすめて流れた。

宗之助は撥ね上げた木刀をかえしざま、源九郎の右手を狙って打ち込んだ。一瞬の太刀捌きである。

だが、源九郎は両腕を引いて、宗之助の打ち込みをかわした。宗之助の打ち込みは迅かったが、その太刀筋が源九郎には見えていたのだ。

ふたりは身を引いて、木刀を下げた。

「木刀だと、擦れても火花は出ないな」

宗之助が言った。

「相手の目を奪うことはできないわけか」

「佐賀さまの屋敷での立ち合いでは、火焔斬りも威力がうすれるわけだな。真剣での立ち合いは、許されまい」

「だが、火焔斬りは火花で相手の目を奪うだけではないかもしれんぞ」

当然、平沢も木刀や竹刀を遣えば、火焔を発することはできないと分かっているだろう。それに、火花で目を奪うだけならたいした技ではない。敵が刀を横に払ってきたり突き技を遣ってきたりすれば、刀身を擦らせて火花を発することはできないはずである。

「もう一手だな」

源九郎が言った。

「今度は、華町どのが火焔斬りの太刀筋をやってみてくれ」

「承知した」

ふたりは、ふたたび四間ほどの間合をとって対峙した。

それから、源九郎と宗之助は交替で火焔斬りの太刀をふるい、破る工夫を重ねた。この間、新之丞と江川も、菅井と植村に助言や指導を受け、桑原や佐々木を相手にしたときを想定して刀法の工夫をつづけた。

源九郎たちが道場に来て一刻（二時間）ほどしたとき、戸口に足音がし、何人かの門弟が姿を見せた。稽古に来たらしい。

「ここまでだな」

源九郎は、木刀を下ろした。門弟たちのために道場をあけねばならない。

源九郎も宗之助もびっしょりと汗をかいていた。なかでも、年寄りの源九郎は息が上がり、足元がふらついていた。

三

「華町、起きろ！」

菅井が源九郎を揺り起こした。

「……どうした」

源九郎が目をあけた。

「道場に近付いてくる足音がする」

「来たか！」

すぐに、源九郎は体にかけていた掻巻《かいまき》を撥ね除《の》けた。

源九郎の脇で眠っていた江川も菅井の声を聞いて目を覚まし、慌てて身を起こした。

神谷道場である。源九郎たち三人が道場内に寝泊まりするようになって四日目だった。菅井が見張りをする番だったので、寝ずに道場の戸口で見張っていたのだ。源九郎と江川は、日中の稽古の疲れもあって眠ってしまったらしい。

「何人だ」

源九郎は枕元に置いてあった刀を腰に差しながら訊いた。

「分からん。足音は、三、四人いるようだった」

「見てみよう」

源九郎たち三人は足音を忍ばせて、道場の戸口に近付いた。脇坂たちなら、道場に踏み込むようなことはせず、宗之助たちのいる母屋へ真っ直ぐ向かうはずである。表の路地から母屋にむかうには、道場の前から左手の狭い庭を通って母屋の戸口に出なければならない。

源九郎たちは土間に下り、板戸の隙間や節穴から外を覗いた。屋外は深い夜陰につつまれていたが、十六夜《いざよい》の月が皓々《こうこう》とかがやき、道場につづく路地を淡い青磁色のひかりで照らしていた。

戸口近くで、ひとの歩くかすかな足音がした。

……いる！

源九郎は黒い人影を目にとめた。

ふたり、道場の戸口の方へ近付いてくる。闇のなかに、ぼんやりと人影が識別できるだけで顔は見えなかった。ただ、武士であることは知れた。ふたりともたっつけ袴で、刀を差している。

……ふたりではない！

戸口の脇から、庭にまわろうとしている別の人影があった。こちらは三人である。なかに、巨軀《きょく》の男もいた。佐々木かもしれない。

すぐに、源九郎はその場を離れた。五人が母屋に踏み込む前に仕掛けなければならない。源九郎の後に、菅井と江川がつづいた。三人は足音を忍ばせて道場にもどり、師範座所の脇にある引き戸をあけた。そこは道場から母屋へ行くための出入り口になっている。

「くるぞ！」

菅井が声を殺して言った。

武士が五人、道場の脇を通って母屋に近付いてくる。すでに、抜き身を引っ提げている者もいた。五人のなかに体軀の大きな男がふたりいる。佐々木と桑原であろう。総髪の男もいた。平沢にちがいない。

源九郎はすばやく袴の股だちをとり、

「行くぞ！」

と声をかけて、抜刀した。

菅井と江川も袴の股だちをとった。江川は抜刀し、菅井は左手で刀の鯉口を切った。

源九郎たち三人は、足音を忍ばせて五人の男に近付いていった。

「な、なにやつ！」

ふいに、大柄な男が声を上げた。桑原らしい。近付いてくる源九郎たちの気配に気付いたようだ。

イヤアッ！

突如、菅井が裂帛《れっぱく》の気合を発し、近くに立っている長身の男にむかって疾走した。この男は、脇坂道場の師範代の水田だった。菅井は水田のことは知らなかった。

源九郎と江川は、刀身を八相に構えて走った。ふたりの刀身が月光を反射《はね》て、青白いひかりを放ちながら夜陰を切り裂いていく。

「待ち伏せだ！」

大柄な男が叫んだ。桑原である。

菅井は刀の柄に右手を添え、すこし前屈みの恰好《かっこう》で抜刀体勢をとったまま水田に急迫した。

「く、くるか！」

水田が声を上げ、菅井に体をむけて構えをとろうとした。

そのとき、菅井が踏み込みざま抜き付けた。

シャッ、という刀身の鞘ばしる音がし、青白い閃光《せんこう》がきらめいた。

ぐわっ！

と、水田が怒号を上げ、身をのけぞらせた。肩口から胸にかけて着物が裂け、血が飛び散った。菅井の一颯《いっさつ》が、水田をとらえたのである。

水田は刀を手にしたまま後ろによろめいた。

菅井は水田を追わず、すばやい体捌きで反転すると大柄な武士に迫った。桑原である。菅井は刀を脇構えにとっていた。居合の呼吸で、桑原に斬りつけようとしたのだ。

「菅井か！」

叫びざま、桑原は青眼に構え、切っ先を菅井にむけた。どっしりと腰が据わっている。その大柄な体軀とあいまって、菅井の目に桑原の姿が黒い巨岩のように見えた。

一方、源九郎は巨軀の男に迫っていた。

「華町だな！」

巨軀の男が、声を上げた。

源九郎は月光に浮かび上がった男の顔を見て、佐々木であることが分かった。

佐々木は源九郎と相対すると、すばやく八相に構えた。

源九郎は三間半ほどの間合をとって、足をとめた。そのまま斬撃の間合に踏み込むと、佐々木の袈裟斬りをあびると察知したのである。

源九郎のすぐ脇で、甲走った気合と刀身のはじき合う金属音がひびいた。江川が総髪の男に斬り込んだようだ。総髪の男は平沢らしい。

平沢は江川の斬撃をはじくと、すぐに下段に構えた。火焔斬りの構えである。

「平沢か！」

江川はその構えを見て平沢と気付いたらしく、慌てて後じさった。平沢の火焔斬りを恐れたようだ。

源九郎は青眼に構えると、

「佐々木、いくぞ」

と声を上げ、切っ先を佐々木の目線につけた。

そのとき、母屋の戸口で引き戸をあける音がし、人影が飛び出してきた。宗之助と新之丞である。

ふたりは抜刀し、八相に構えて斬り合いのなかに踏み込んできた。

「斬れ！　宗之助だ」

四人の後方にいた武士の甲高い声が、夜陰を切り裂くようにひびいた。

この武士が、道場主の脇坂だった。

四

宗之助は平沢の姿を目にすると、江川の脇に走り寄った。江川があやういと見たのである。

「平沢、おれが相手だ」

宗之助は青眼に構え、切っ先を平沢にむけた。

江川は、すばやく平沢の左手にまわり込んだ。隙を見て、斬り込むつもりらしい。

「宗之助、おれの火焔斬りを受けてみるか」

平沢は底びかりのする目で宗之助を見つめながら刀身を下げて下段に構えた。火焔斬りの構えである。

「火焔斬りか」

宗之助はゆっくりとした動きで、刀身を下げ、切っ先を後ろにむけた。低い脇構えである。

「柳枝《りゅうし》の構えか」

平沢がくぐもったような声で訊いた。どうやら、平沢は宗之助の柳枝の構えを知っているようだ。

「いかにも」

宗之助は、佐賀屋敷で平沢と立ち合うことがあれば、柳枝の構えをとるつもりだった。柳枝の構えから逆袈裟に斬り上げれば、平沢の下段からの逆袈裟と同じ太刀筋になり、刀身をはじかれる恐れはないと踏んでいたのである。

「その構えで、おれの火焔斬りを封じるつもりか」

平沢が薄笑いを浮かべ、下段に構えた刀身を上げて八相にとった。

……八相からも、火焔斬りは遣えるのか！

宗之助は、平沢が八相から袈裟に斬り込んでくるとみた。

一方、新之丞は菅井の左手に走った。菅井がすでに抜刀しているのを見て、助勢しようと思ったのである。

桑原は新之丞が左手から迫ってくるのを目にすると、すばやく後じさって菅井との間をとり、

「新之丞、くるか！」

と声を上げ、切っ先を新之丞にむけた。

菅井は桑原との間合があくと、すばやい体捌きで納刀した。桑原に居合を遣おうとしたのである。

菅井は抜刀体勢をとりながら、摺り足で桑原との間合をつめた。全身に気勢が満ち、抜きつけの一刀をはなつ気配が高まっている。

「おのれ！」

桑原の顔がゆがんだ。菅井の抜刀の気配に威圧を感じただけでなく、新之丞の斬り込みも恐れたのである。

このとき、源九郎は巨軀の佐々木と対峙していた。源九郎は青眼に構え、佐々木は八相に構えていた。佐々木が手にしているのは、三尺ほどもある長刀だっ

た。

佐々木は両肘を高くとり、刀身を垂直に立てている。その構えは軀《からだ》と長刀のせいもあって、上からおおいかぶさるような迫力があった。

……こやつ、遣い手だ！

と、源九郎は察知した。

佐々木の八相の構えは腰が据わり、隙がなかった。しかも、ゆったりとして力みがない。八相の構えは木の構えといわれるが、まさに大樹のように大きな安定した構えである。

佐々木が趾《あしゆび》を這《は》うように動かし、ジリジリと間合をせばめ始めた。巨岩が迫ってくるような威圧感がある。

だが、源九郎はすこしも動じなかった。青眼から切っ先をすこし上げ、佐々木の左拳につけた。八相からの斬撃を牽制する構えである。

ふいに、佐々木が寄り身をとめた。一足一刀の一歩手前である。佐々木はその間合をとったまま全身に気勢を込め、斬撃の気配を見せた。気攻めである。源九郎の構えをくずしてから斬り込むつもりなのだ。

と、源九郎が半歩踏み込んだ。間合をつめることで、佐々木の気を散らそうとしたのである。

瞬間、佐々木の巨軀に斬撃の気がはしった。

タリャッ！

鋭い気合を発し、佐々木が斬り込んできた。

八相から袈裟へ。長刀が刃唸《はうな》りをたてて源九郎を襲う。

だが、源九郎にはその太刀筋が見えていた。

スッ、と身を引き、胸先一寸の見切りで、佐々木の斬撃をかわした。次の瞬間、源九郎が鋭い気合を発して斬り込んだ。一瞬の体捌きである。

刀身を突き込むように籠手《こて》へ。

ザクッ、と佐々木の太い前腕が裂け、血が迸《ほとばし》り出た。佐々木は獣の咆哮《ほうこう》のような叫び声を上げて後じさった。

脇坂は佐々木が右手を斬られたのを目にすると、

「引け！　この場は引け！」

と、叫んだ。

脇坂は水田につづいて佐々木が斬られたのを見て、このままでは太刀打ちできないと思ったようだ。

脇坂は反転して、道場の脇にむかって駆けだした。敵と対峙していた平沢や桑原も後じさって間をとると、脇坂につづいて走りだした。

手傷を負った水田と佐々木も逃げていく。ふたりとも、それほどの深手ではないらしく、逃げ足は速かった。

源九郎たちは、脇坂たちを追わなかった。今夜のところは撃退すればよかったのだ。それに、下手に深追いすると返り討ちに遭う恐れがある。

源九郎は夜陰のなかに立っている菅井や宗之助たちに視線をやった。斬られた者はいないようだ。

「華町、うまくいったな」

菅井が源九郎に身を寄せて言った。双眸《そうぼう》が闇のなかで、夜禽《やきん》のようにひかっている。まだ、真剣勝負の高揚が残っているらしい。

そのとき、母屋の戸口で足音がした。家から洩《も》れる灯《ひ》のなかに、きよの姿があった。きよは寝間着姿ではなかった。小袖である。脇坂道場の襲撃に備え、いつでも外へ逃げだせる身装《みなり》で休んでいたにちがいない。

きよは、戸口に立ったまま庭に立っている男たちに目をやり、ほっとしたような表情を浮かべた。傷付いた者がひとりもいないことが分かったからであろう。

「きよの……」

菅井がきよの方に歩きかけたが、すぐに足をとめた。宗之助と新之丞が、母の許に歩み寄るのを見たからである。

五

二月の十五日。風のない晴天だった。源九郎たち三人は、神谷家の母屋で朝餉を食べ終えるといったん道場にもどった。

源九郎は稽古着に着替え、小半刻（三十分）ほど木刀を振った後、母屋の脇にある井戸で小桶に水を汲み、手ぬぐいを浸して絞ってから体を拭いた。水垢離《みずごり》とまではいかないが、身を引き締めて試合に臨もうとしたのである。

源九郎は宗之助と新之丞がまだ暗い内に起きだし、水垢離をしたのを知っていた。ふたりにとって、どうしても負けられない試合なのである。

井戸端までついてきた菅井は、

「いよいよだな」

と、顔をひきしめて言った。

「こんなことをするのは、久し振りだな」

源九郎は、道場にもどりながら言った。ここ久しく、これほど熱心に剣の工夫をしたことはなかった。それに、身を清めて試合に臨むなど、若いころ以来ではあるまいか。気分は悪くなかった。不安もない。清々しい気分である。すこし若返った気さえする。久し振りの強敵との試合が、源九郎の気を高揚させているせいであろう。

「相手はだれとみるな」

菅井は、まるで自分が試合に臨むかのように緊張した顔付きになっている。

「さて、だれかな」

源九郎は袴を穿《は》きながら気のない返事をした。源九郎は二番手で出ることになっていた。脇坂道場側の二番手は、佐々木か平沢だとみていた。源九郎は脇坂たちが道場に押し込んできたとき、佐々木の右腕を斬っていたが、その後、茂次や孫六が脇坂道場の様子を探り、佐々木も稽古をしていることが分かった。試合に出るための稽古にちがいない。浅手だったので晒《さらし》を巻けば、差し障りないのだろう。

……佐々木なら勝てる。

と、源九郎はみていた。

「平沢ではないかな」

　菅井が低い声で言った。

　道場には、江川もいたので、聞こえないように気を使ったらしい。

「そうかもしれんな」

　源九郎も、平沢だろうとみていた。おそらく、佐々木は源九郎と立ち合っても利がないとみて、こちらの出る順を読んで源九郎を避けるだろう。

「平沢に勝てるか」

　菅井が訊いた。

「やってみねば分からんな」

　本音だった。平沢の遣う火焔斬りはおそろしい技である。だが、木刀や竹刀では威力が半減するのではあるまいか。それに、源九郎も宗之助も、火焔斬りを破る工夫をしてきたので、互角には闘えるとみていたのである。

「平沢も遣い手だが、わしは脇坂が気になるのだ」

　源九郎が黒羽織を羽織りながら言った。

「道場主だな」

「おそらく、脇坂も出るはずだ。……噂では、脇坂は神道無念流の手練《てだれ》らしい。

脇坂は道場をひらき、多くの門弟に指南してきた男だからな。それだけでも、相当の遣い手とみねばなるまい」

「うむ……」

「だれが当たるか分からないが、脇坂に敗れるようなことになれば、神谷道場の負けになるかもしれんぞ」

新之丞は、相手が佐々木であれ桑原であれ勝てるかどうか分からなかった。新之丞が敗れると、神谷道場は後がなくなる。平沢と脇坂の両者に、勝たねばならなくなるのだ。

「厳しい試合だな」

菅井が顔をひきしめて言った。

「こうした試合は、みなそうだ。ともかく、相手がだれであれ、力を尽くして立ち向かうしかあるまい」

そう言って、源九郎は刀を腰に差した。そして、稽古に遣っていた竹刀と木刀を剣袋に入れていると、道場の戸口で何人かの足音がした。宗之助たちが来たようである。

源九郎たちが戸口に行くと、きよと宗之助や門弟たちが集まっていた。試合の行われる佐賀屋敷には、試合に出る源九郎、新之丞、宗之助の他に、菅井、江川、植村、それに門弟が三人行くことになっていた。三人の門弟は、源九郎たちの遣う防具を運ぶ役である。

「華町さま、ご武運をお祈りしております」

きよが、源九郎のそばに来て言った。

きよの顔は、すこしやつれたように見えた。目ばかりが異様にひかっている。ここ数日、脇坂道場の襲撃を恐れるとともに試合の不安が重なって眠れない夜がつづいたにちがいない。きよにとっては、神谷道場の命運がかかった試合というだけでなく、ふたりの子供の命がかかった試合でもあるのだ。

「きよどの、よく晴れておりますな。朝日が、われらの門出を照らしてくれているようです」

源九郎が、おだやかに晴れた空を見上げて言った。

「ほんとに、いい日和《ひより》……」

きよの口許に、かすかな笑みが浮いた。こわばっていた顔が、いくぶんやわらいだように見えた。

「さて、まいろうか」

源九郎が、脇にいる宗之助に声をかけた。

佐賀定盛の屋敷は、五千石の大身の旗本にふさわしい豪壮な長屋門をかまえていた。乳鋲《ちびょう》を打った堅牢な門扉はとじられたままだったが、植村が門番所にいた家士に神谷道場から来たことを伝えると、すでに話が通っていたらしく、すぐに門扉があけられなかに入れてくれた。

正面に御殿と呼ぶにふさわしい母屋があり、表門から式台を備えた玄関まで石畳がつづいていた。屋敷の脇や裏手には家臣たちの住む長屋や土蔵などが何棟も立ち並んでいる。

玄関の脇の内玄関から年配の武士が姿をあらわし、家士の田島又兵衛《たじままたべえ》と名乗り、源九郎たちを客間へ案内した。

客間には、だれもいなかった。脇坂たちはまだ来ていないのか、別の座敷に案内されたかである。

「脇坂どのたちは、まだかな」

源九郎が田島に訊いた。

「おみえでござる。別の部屋にて、休んでおられます」

田島によると、脇坂以下十名が小半刻（三十分）ほど前に屋敷に着き、別の客間で休んでいるという。佐賀家では、試合前に双方が顔を合わせないように気を使って、別の座敷を用意したらしい。

源九郎たちが客間に腰を落ち着けてすぐ、用人の前川が姿を見せた。初老だった。痩せていて、肉をえぐりとったように頬がこけている。

前川は宗之助や源九郎たちに挨拶した後、

「岩根藩ご家老の細井さまも、おみえでござる」

と、目を細めて言い添えた。

前川によると、試合場は書院に面した中庭でおこなわれるという。中庭はすでに掃き清められて、うすく砂がまかれているそうだ。

また、岩根藩からは江戸家老の細井以下七人の藩士が屋敷にみえているとのことだ。佐賀家でも、備前守定盛をはじめ嫡男の紀之助、次男の慶次郎、それに主だった家臣たちも試合を観るという。

それから、源九郎たちは佐賀家の家臣が運んできた茶で喉をうるおした後、試合の支度を始めた。襷《たすき》で両袖を絞り、袴の股だちをとった後、木刀、竹刀、防具などをあらためた。試合は竹刀でやることになっていたが、木刀での試合を両者が承知すれば、木刀を遣うことになるだろう。

源九郎は木刀を手にして、かるく素振りをくれながら、

「ここまでくると、後は運を天にまかせるしかないな」

と、宗之助と新之丞に目をやりながら言った。おだやかな声である。源九郎は落ち着かせようと思い、ふたりに声をかけたのである。

「いかさま」

宗之助が小声で答えた。口許には、笑みが浮いていた。いつものすこし間の抜けたような顔である。

……いつもと変わらぬうつけ顔をしておる。

源九郎は、宗之助の顔を見て安心した。宗之助はそれほど高揚していなかった。体に力みもない。いくぶん気が昂《たかぶ》っているようだが、体が硬くなるほどではないらしい。おそらく、廻国修行の旅先で多くの修羅場をくぐり、剣の技だけでなく心も強靭《きょうじん》なものになったのだろう。

一方、新之丞はかなり気が昂っているようだった。顔がこわばり、かすかに体が顫《ふる》えている。

「ご案内、つかまつります」

そのとき、座敷の隅に控えていた田島が源九郎たちに声をかけた。

六

試合場は掃き清められ、砂がうすく撒《ま》かれていた。その試合場の両側に床几《しょうぎ》が並べられ、後ろに茣蓙《ござ》が敷いてある。

源九郎たちが試合場に行くと、すでに向かい側の床几に五人の武士が腰を下ろしていた。脇坂、水田、桑原、平沢、佐々木である。水田と佐々木の傷は、たいしたことはないようだ。五人の背後の茣蓙に、門弟と思われる男が数人、それに岩根藩士と思われる武士が十人ほど座していた。

正面の書院の庭に近い場所に、用人の前川をはじめ数人の武士が両側に分かれて腰を下ろしていた。まだ、細井や佐賀たちの姿はなかった。書院のなかほどがあいているので、そこに細井や佐賀たちが座るのだろう。

「ここを、お使いください」

田島が、脇坂たちとは反対側のあいている床几と茣蓙に手をむけた。

源九郎、宗之助、新之丞、菅井、植村、江川が、床几に腰を下ろした。他の門弟たちは背後の茣蓙に膝を折った。茣蓙のつづきには、佐賀家の家臣と思われる武士が十人ほど座し、源九郎たちに目をむけている。

源九郎たちが腰を落ち着けていっときすると、正面の書院に数人の武士が姿をあらわした。佐賀や細井たちらしい。

源九郎たちの背後に座していた田島が、

「正面の左手にお座りになったお方が殿で、右手が岩根藩のご家老の細井さまです」

と、小声で教えてくれた。

佐賀の脇には、若侍がふたり腰を下ろした。佐賀の嫡男の紀之助と次男の慶次郎だという。ふたりは、畏《かしこ》まった様子で試合場に目をやっている。佐賀家に出稽古にくることになれば、ふたりに指南することになるのだろう。

女たちの姿はなかった。奥方や女中たちは、同席させなかったようだ。試合によっては、残酷な結果になるからであろう。

佐賀は五十がらみであろうか。恰幅がよく、丸顔で細い目をしていた。耳朶《じだ》が大きく、福相の主である。細井は眉が濃く、鼻梁《びりょう》が高かった。やはり、五十がらみに見えた。

佐賀や細井たちが着座すると、用人の前川が佐賀と何か話してから、座敷の隅に座していた初老の武士に始めるよう声をかけた。

初老の武士が立ち上がり、庭に下りてきた。革足袋《たび》を履いている。痩身だが、肩幅がひろく腰がどっしりしていた。立ち居にも隙がない。剣の遣い手らしい。

横溝八郎兵衛《よこみぞはちろべえ》だった。源九郎たちは、横溝が今日の試合の検分役をすると聞いていた。横溝は岩根藩の家臣で、心形刀流《しんぎょうとうりゅう》を遣うそうである。

心形刀流をひらいたのは、伊庭是水軒秀明《いばぜすいけんひであき》である。伊庭家では実子であれ養子であれ門弟のなかの実力者に流を継がせ、伊庭姓を名乗らせた。心形刀流の道場は、下谷御徒町《おかちまち》にある。

おそらく、佐賀は細井と相談し、神谷道場と脇坂道場に縁のない横溝を検分役に選んだのであろう。

横溝は試合場に出てくると、道場主の宗之助と脇坂を呼び、双方にどのような試合結果になっても遺恨を残さぬように念を押した上で、先鋒《せんぽう》の名を訊いた。

「それがしの弟、新之丞にございます」

宗之助が新之丞の名を告げると、

「当方は、門弟の佐々木泰蔵がお相手つかまつる」

すぐに、脇坂が言い、口許をゆるめた。相手が新之丞なら、佐々木が後れをとることはないとみたようである。

「竹刀でよろしいかな」

横溝が、ふたりに訊いた。

「竹刀で、お願いしたい」

宗之助が言うと、脇坂も承知した。

新之丞と佐々木は防具を身につけ、竹刀を手にすると、まず正面に座している佐賀と細井に一礼した。そして、ふたりが相対すると、試合場の両側に居並んでいた家臣たちのざわつきがやみ、試合場は水を打ったような静けさにつつまれた。門弟たちはむろんのこと、岩根藩士や佐賀家の家臣たちの目は、新之丞と佐々木にそそがれている。

「始め！」

横溝が声を上げた。

新之丞と佐々木は、すぐに竹刀を構えた。新之丞は青眼、佐々木は八相である。

ふたりの間合は、およそ四間。まだ、打ち込みの間合からは遠かった。

源九郎はふたりの構えを見て、

……新之丞も落ち着いている。

と、みた。構えに隙がなく、腰も据わっている。肩にやや力みがあるように見えたが、それほど体も硬くなっていなかった。これまで、新之丞も佐々木や桑原を想定して剣の工夫をしてきたので、動揺せずに済んだようだ。

対する佐々木は、全身に気勢をみなぎらせていた。相手が新之丞なので勝てるとみて、一気に勝負を決しようとしているようだ。

新之丞は思いのほか健闘した。試合場にいた多くの者が、佐々木が一方的に勝つとみていたようだ。年齢もそうだが、体軀、構え、気魄《きはく》など圧倒的に佐々木が勝っているように見えたからである。

新之丞は佐々木と互角に闘った。八相から面を打って一本先取したのは佐々木だったが、すぐに新之丞は佐々木の面打ちをかわして胴を打ち、互角に持ち込んだのである。

三本目はすぐに決まらなかった。ふたりは激しく打ち合ったが、なかなか一本が取れない。

横溝がそろそろ引き分けにしようかと思い、ふたりのそばに歩を寄せようとしたとき、佐々木が遠間《とおま》から飛び込んで新之丞の面を打ち、咄嗟に新之丞が竹刀を払って胴を打った。試合場の両側に居並んで見ていた藩士や家臣たちの目には、ふたりの打ち込みがほぼ同時に見えた。

だが、横溝は一瞬躊躇《ちゆうちよ》した後、

「面、一本!」

と、佐々木の面をとった。わずかに、佐々木の打ち込みが迅かったとみたにちがいない。

新之丞は何も言わなかった。佐々木に一礼した後、正面に体をむけて佐賀たちに頭を下げた。そして、源九郎や宗之助のいるそばにもどってきた。

「次の者!」

横溝が声を上げた。

「わしの番だな」

源九郎は立ち上がると、何も手にせずに横溝のそばに歩を寄せた。念のために、武器《えもの》を確認するのである。

相手側で立ち上がったのは、平沢だった。平沢はすでに木刀を手にしている。

「そこもとは、木刀を遣うつもりか」

横溝は名よりも先に、平沢の手にした木刀に目をやって訊いた。

「いかさま」

平沢は平然として言った。

「木刀でもよろしいのか」

横溝が、源九郎に訊いた。顔に憂慮の色がある。防具を付けずに木刀で打ち合った場合、頭を強打したり、喉を突いたりすると命にかかわる深手を負うからである。

「いいだろう」

源九郎は、平沢が木刀を遣うことは承知していた。真剣を遣わないだけ、ましだと思った。竹刀では、火焔斬りの威力が半減する。木刀でも、真剣に比べれば威力が薄れるはずなのだ。それに、源九郎は平沢が木刀を遣うことを想定し、神谷道場で刀法の工夫をしていたのだ。

「ならば、木刀で立ち合われるがいい」

そう言ってから、横溝はふたりの名を訊いた。

七

源九郎と平沢は、四間半ほどの間合をとって対峙した。かなりの遠間である。

平沢は青眼に構えた後、木刀を下げて下段に構えをとった。ゆったりとした構えで、だらりと木刀を足元に下げていた。平沢は切っ先のような鋭いひかりが宿った細い目で、源九郎を凝《じっ》と見すえている。

宗之助の柳枝の構えに似ていたが、平沢の構えには斬撃の気配が満ちていた。柳枝の構えは敵の斬撃を受け流す太刀につながるが、平沢の火焔斬りは攻撃の太刀なのかもしれない。

対する源九郎は、八相ではなく青眼に構えた。八相から打ち下ろさずに突きか籠手を狙うつもりだった。そうすれば、平沢は下から逆袈裟に撥ね上げて、源九郎の木刀をはじくことができないだろう。

源九郎の双眸も剣客らしい鋭いひかりをはなっていた。茫洋《ぼうよう》とした人のよさそうな顔は豹変している。剣の遣い手らしい凄《すご》みと威風がある。

平沢は源九郎が青眼に構えたのを見て、一瞬驚いたような顔をしたが、すぐに表情を消し、木刀を右手にむけて斜《はす》に構えた。

……斜から、撥ね上げるつもりだ！

と、源九郎はみてとった。

源九郎の突きや籠手を斜にはじき上げて、二の太刀を打ち込むつもりらしい。

「いくぞ！」

平沢が低い声で言い、間合を狭め始めた。

覇気のない構えに見えるが、平沢は全身から痺《しび》れるような剣気をはなっていた。足裏を摺るようにして、ジリジリと間合をつめてくる。

源九郎も、すこしずつ間合をつめ始めた。一足一刀の間合に近付いてくるにつれ、ふたりから鋭い剣気がはなたれ、打ち込みの気配が高まってきた。

ふいに、ふたりの寄り身がとまった。斬撃の間境の半歩手前である。

スッ、と源九郎が木刀の先を突き出した。牽制だった。この仕掛けで、ふたりの間に張り詰めていた剣の磁場が切り裂かれた。

刹那《せつな》、ふたりの全身に打ち込みの気がはしった。

イヤアッ！

タアッ！

ふたりの裂帛の気合が場内にひびき、体が躍った。

源九郎が踏み込みざま、平沢の喉を狙って突きをはなった。ほぼ同時に、平沢が斜に構えた木刀を撥ね上げた。

戛、と乾いた音がひびき、源九郎の木刀が撥ね上がった。

一瞬、平沢の体がくずれた。源九郎の鋭い突きが喉元まで伸び、平沢は上体を後ろにそらせながら木刀を撥ね上げたため体勢がくずれたのである。

すかさず、源九郎が二の太刀をはなった。撥ね上げられた木刀をかえしざま籠手へ。神速の太刀捌きである。

瞬間、平沢は体を右手に寄せながら源九郎の木刀をはじこうとしたが、間に合わなかった。

右腕を打つにぶい音がし、平沢の木刀が足元に落ちた。

源九郎はすばやい動きで木刀の先を平沢の喉元につけ、残心《ざんしん》の構えをとった。

源九郎の顔がいくぶん紅潮していた。鋭い眼光で平沢を見すえている。木刀ではあったが、源九郎には真剣勝負のけわしさがあった。

「籠手、一本!」

横溝が声を上げた。

平沢は怒りと屈辱とに顔をしかめ、足元の木刀を拾い上げた。

「二本目、始め!」

横溝が声を上げた。

平沢は源九郎との間合をとり、木刀を下段から斜に構えた。その切っ先が、小刻みに揺れている。源九郎に右の前腕を強打されたために、右腕に力が入り過ぎているようだ。激痛もあるらしい。

平沢は戸惑うような顔をしたが、すぐに表情を消して木刀を下ろした。

「これまでだな。真剣勝負なら、おれは腕を斬られていた」

そうつぶやくと、平沢は礼もせずに自席にもどってしまった。しかも、床几ではなく莫蓙の隅に腰を下ろしたのである。

その後、平沢は次の立ち合いが始まるのを待ってその場を離れ、ひとりで佐賀屋敷を出てしまった。

「三番手は、脇坂源十郎どのと神谷宗之助どのでござる」

横溝が、正面に座している佐賀と細井にも聞こえるように声を上げた。

宗之助と脇坂は、木刀を手にしていた。脇坂が木刀を遣いたいと強く言ったからである。

ふたりは、襷で両袖を絞り、袴の股だちをとって革足袋を履いていた。ほぼ同じ扮装《いでたち》である。

「始め！」

横溝が声を上げた。

横溝の声で、ざわついていた試合場が静まりかえった。門弟や家臣たちの間からは、咳《しわぶき》ひとつ聞こえず、いずれの目も宗之助と脇坂の動きにむけられている。

脇坂は八相に構えた。肘を高くとり、木刀を垂直に構えている。どっしりと腰の据わった大きな構えである。

対する宗之助は木刀を下段に下げ、切っ先を後ろにむけた。刀身を下げた低い脇構えである。宗之助の構えには覇気がなく、ただその場につっ立っているだけに見えた。顔も眠っているように表情がない。うつけのような顔が、死人のように見える。

柳枝の構えである。

試合場にどよめきが起こった。宗之助の構えが、異様に見えたからである。一瞬、脇坂も驚いたような顔をしたが、すぐに表情が厳しくなった。宗之助の異様な構えに、不気味なものを感じたからであろう。

宗之助と脇坂の間合はおよそ四間――。

脇坂が趾《あしゆび》を這うように動かして、間合をせばめ始めた。すると、場内のどよめきが消え、急に静かになった。緊張が試合場を覆い、門弟や家臣たちは息をつめて宗之助と脇坂を見つめている。

脇坂はジリジリと間合を狭めていく。脇坂の構えはくずれず、体の揺れもなかった。足先だけが、すこしずつ宗之助に這い寄っていくようである。

陽は頭上にあった。ふたりの短い影が、試合場に落ちている。その影もまったく動いていないように見えた。まるで、時がとまったような静寂と緊張が試合場を支配している。

宗之助と脇坂の間合だけが、すこしずつ狭まっていた。痺れるような剣の磁場がふたりをつつんでいる。

宗之助は気を鎮めて、脇坂との間合を読んでいた。

……あと、二尺。……一尺五寸。

しだいに、脇坂が斬撃の間境に近付いてきた。脇坂の体と木刀の影が、地面に落ちた宗之助の影に迫ってくる。

……あと、半歩！

宗之助がそう読んだとき、ふいに脇坂の動きがとまった。木刀の影も地面に張り付いたまま動かない。

そのとき、脇坂の足元で、チリッ、とかすかな音がし、地面に張り付いていた木刀の影がわずかに揺れた。脇坂の指先が、地面の小石を踏んだのである。

……くる！

と、宗之助が察知した瞬間、脇坂の全身に打ち込みの気がはしった。

タアッ！

鋭い気合を発し、脇坂が打ち込んできた。

八相から袈裟へ。稲妻のような斬撃である。

間髪をいれず、宗之助が脇構えから木刀を逆袈裟に撥ね上げた。

戛！

と乾いた音がひびいた瞬間、脇坂と宗之助の木刀がはじき合った。

袈裟と逆袈裟。

ふたりの木刀がはじき合うのと同時に、ふたりの体勢もくずれた。脇坂は一瞬後れたために上体が伸び、宗之助は脇坂の鋭い打ち込みに押されたのである。

だが、宗之助はすぐに体勢をたてなおし、二の太刀をはなった。柳枝の構えは風に吹かれてなびく柳枝のごとく体に力みがなく、腰もやわらかだった。そのため、体勢がくずれてもすぐにたちなおることができる。

間髪をいれず、宗之助が袈裟に打ち込んだ。神速の二の太刀である。

一瞬遅れて、脇坂も袈裟へ打ち込んできた。ふたりの木刀が眼前で合致してはじき合ったが、脇坂が後ろによろめいた。無理な体勢で宗之助の打ち込みを受けたので、腰がくだけたのである。

次の瞬間、宗之助が突き込むように籠手をみまった。

ビシッ、とにぶい音がし、脇坂の木刀が下がった。瞬間、脇坂の口から低い呻《うめ》きが洩れた。

「籠手、一本！」

横溝が声を上げた。

だが、脇坂は木刀を青眼に構えると、

「浅い！」

と一声叫び、踏み込んできた。

脇坂の顔がゆがみ、目がつり上がっている。憤怒の形相だが、狼狽《ろうばい》の色もあった。木刀が、小刻みに揺れていた。右腕を強打された痛みと激情で、度を失っている。

宗之助は、すばやく木刀を下げて柳枝の構えをとった。

脇坂は打ち込みの間合に踏み込むや否や仕掛けてきた。

タアリヤッ

甲走った気合を発し、青眼から真っ向へ打ち込んだ。牽制も気攻めもなかった。一か八かの捨て身の攻撃だった。

スッ、と宗之助が右手に体を寄せた。柔らかな体捌きである。次の瞬間、宗之助は木刀を横一文字に払った。柳枝の構えからの一瞬の攻撃である。

抜き胴が、脇坂の腹を強打した。

にぶい骨音がし、脇坂の上体が折れたように前にかしいだ。肋骨《ろっこつ》が折れたらしい。

脇坂は、木刀を取り落とし、うずくまったまま蟇《ひき》の鳴くような苦痛の呻きを上げた。

「胴、一本。……勝負、これまで！」

横溝が宗之助の勝ちを宣した。

静まり返っていた試合場からどよめきが起こり、あちこちから宗之助の見事な太刀捌きに感嘆の声が起こった。なかには腰を浮かして、宗之助に声をかけようとする者までいた。

書院の正面に座して観戦していた佐賀と細井からも賞賛の声が聞こえた。

一方、脇坂は腹を押さえたままうずくまっていたが、すぐに下がれないのを見てとった門弟たちが、脇坂を抱えるようにして自席に連れもどした。

宗之助は正面に一礼して源九郎のそばにもどってくると、

「なんとか、勝てました」

と、照れたような顔をして言った。

宗之助の顔から勝負の厳しさが消えると、いつもの間の抜けたような表情がもどってきた。

# 第六章　火焔《かえん》斬り

## 一

「これも、おふたりのお蔭でございます」

きよが、源九郎と菅井に深々と頭を下げて言った。きよの顔には、安堵《あんど》と喜びの色があった。

神谷家の母屋の座敷だった。顔をそろえているのは、源九郎、菅井、宗之助、新之丞、きよ、植村、江川の七人だった。集まった者たちの膝先には酒肴の膳が並べられている。

源九郎たちが佐賀家に試合に出かけた翌日だった。神谷道場からはぐれ長屋に、お礼に一献差し上げたいので、道場へお越しいただきたい、との使いが来て、源九郎と菅井が出かけてきたのだ。

「いや、わしらではない。宗之助どのと新之丞どのの働きがあったからこそだ」

源九郎が言った。あながち世辞ではなかった。此度《こたび》の試合では、宗之助と新之丞がよくやった、と源九郎は思っていた。新之丞も敗れはしたが、短い間に工夫を重ね、佐々木と互角に闘ったのである。

「これで、きよどのも安心だな」

菅井がきよに目をむけながら言った。

「はい、道場は宗之助と新之丞にまかせ、これからはふたりの母として暮らすつもりでおります」

きよが、笑みを浮かべて言った。

「それがいい」

菅井も相好をくずしたが、顔がすこしゆがんだだけのように見えた。きよの言葉に菅井に対する特別な想いが、まったく感じられなかったからであろう。

「菅井、一献」

源九郎は銚子を手にして、菅井の杯についでやった。

菅井は杯を手にしたまま薄笑いを浮かべていたが、何も言わなかった。

源九郎は座が静まったとき、

「ところで、脇坂道場だが、何か動きがあったかな」

と、宗之助に訊《き》いた。試合の翌日なので、まだ動きはないと思ったが、そう訊いてみたのである。

「脇坂道場の前を通った門弟から耳にしたのだが、道場はひらいていたらしい。ただ、稽古の音は聞こえなかったようだ」

宗之助が答えた。

「まだ、稽古は無理かもしれんな」

脇坂道場では、神谷道場との試合に敗れただけでなく、道場主が木刀の立ち合いを挑み、肋骨《ろっこつ》を折られるという無様な負け方をした。脇坂はしばらく竹刀を握れないはずだし、道場にも顔を出せないだろう。

「自業自得でござる。脇坂道場側から、横槍を入れてきたのだからな」

植村が語気を強くして言った。

植村の言うとおりだった。本来なら佐賀家に出稽古に行っていた神谷道場が、紀之助と慶次郎の指南をつづけるのは当然のことだった。ところが、脇坂は岩根藩の剣術指南役の話を聞きつけると、強引に佐賀家での試合を持ち出し、神谷道場から出稽古の座を奪おうとした。しかも、試合前に神谷道場の腕のたつ者を襲い、試合に出られなくするという卑怯《ひきょう》な手まで使ったのである。

「平沢も、道場にいるのか」

源九郎が訊いた。

昨日の試合後、平沢は源九郎に敗れた後すぐに佐賀屋敷から姿を消してしまったと聞いていた。

「平沢のことは分からない」

宗之助の顔にも憂慮の翳《かげ》があった。平沢のことが気になっているのかもしれない。

「いずれにしろ、脇坂道場は門をとじることになるな」

そう言って、菅井がグイと杯の酒を飲み干した。いずれ、門弟も脇坂道場を離れることになるだろう。腕を斬られた向井、それに神谷道場の様子を探った者たちなども、脇坂の許を離れるのではあるまいか。

「仕方あるまい。……それで、岩根藩から何か話はあったのか」

源九郎が訊いた。

宗之助の試合が終わると、源九郎や宗之助たちは書院の奥の客間に呼ばれ、酒肴の膳を前にして佐賀や細井と顔を合わせた。その席に、脇坂道場側からはだれも顔を見せなかった。脇坂の治療のために道場へもどるとのことだったが、恥辱のために高弟たちも顔を出せなかったのであろう。

その席で、佐賀は宗之助に、これまでどおり屋敷に出稽古に来て紀之助と慶次郎の指南をつづけてほしいと頼んだが、細井は、いずれ、あらためてお話しいたす、と言っただけで、藩の指南役のことは口にしなかった。江戸家老とはいえ、己の一存では決められないのだろう。

「まだ、何の話もないのだ」

宗之助が、岩根藩の指南役の話があれば、様子をみて新之丞にまかせてもいい、と口許に笑みを浮かべて言った。宗之助は、弟の行く末まで考えているようである。

源九郎は黙ってうなずいた。神谷家のことに、これ以上口をはさむことはないと思ったのである。

それから、源九郎たちは一刻（二時間）ほど酒を飲みながら歓談して腰を上げた。

「これからも、道場に来て門弟たちに指南してくださいね」

きよが、源九郎と菅井に声をかけた。

「また、寄らせていただきますよ」

源九郎はそう言ったが、菅井はちいさく頭を下げただけだった。

源九郎と菅井が、宗之助やきよたちに見送られて母屋を出たのは七ツ半（午後五時）ごろだった。まだ、暮れ六ツ（午後六時）までには間があったが、曇天のせいか町筋は夕暮れ時のように薄暗かった。

源九郎たちは、両国橋にむかって村松町の町筋をたどった。はぐれ長屋に帰ろうと思ったのである。町家のつづく通りを抜けると、武家地になった。路地沿いに小身の旗本の武家屋敷がつづいている。

辺りはひっそりとして、人影はほとんどなかった。ときおり、供連れの武士や中間《ちゅうげん》ふうの男が足早に通り過ぎていくだけである。

武家地に入ってしばらく歩くと、通り沿いが雑草におおわれた空き地と笹藪《ささやぶ》になっている地があった。

その笹藪の陰に人影があった。ふたりいる。笹の陰になってよく見えないが、武士であることは分かった。袴姿で、刀を差していたのである。

源九郎たちが近付くと、笹を分ける音がしてふたつの人影が路地に出てきた。

「平沢と佐々木だ！」

菅井が声を上げた。

二

「華町、どうする」

菅井が源九郎に訊いた。ふたりと闘うか、それとも逃げるかである。

「やるしかあるまい。この場から逃げたとしても、きゃつらはわしらを追いまわすからな。それに、相手はふたりだ」

源九郎は、いずれ決着をつけねばならない相手だと思った。

平沢と佐々木は、ゆっくりとした足取りで源九郎たちに近付いてきた。

ふたりは、源九郎たちから五間ほどの間合をとって足をとめた。腰に二刀を帯びていたが、ふたりとも両手を垂らしたままである。

「待ち伏せか」

菅井がなじるような声で訊いた。

「立ち合いだよ。……竹刀と木刀では、勝負をした気になれんのでな」

佐々木が低い声で言った。

平沢は黙したまま源九郎を見つめている。のっぺりした表情のない顔をしていたが、細い目には切っ先のような鋭いひかりが宿っていた。身辺に殺気がある。

「脇坂の差し金か」

源九郎が訊いた。

「いや、おれたちが勝手にうぬらを討つのだ。おれたちも、このままでは寝覚めが悪いのでな」

そう言って、佐々木が刀の柄に右手を添えた。

「ふたりだけか。脇坂道場の者は、何をしている」

源九郎は、まだ両手を下げたままである。

「脇坂は母屋で唸《うな》っている。しばらく、道場には立てまい」

「おぬしらが脇坂に代わって、門弟たちに指南したらよかろう」

源九郎が言った。ふたりには、それだけの腕がある。

「それも、うぬらふたりの首を落としてからだな。うぬらを討たぬうちは、おれたちも脇坂道場に居辛いからな」

「そうか」

源九郎は右手で刀の柄を握った。

「華町の相手は、おれだな。真剣での勝負が残っているからな」

平沢が、源九郎の前にまわり込んできた。佐賀家での立ち合いに遺恨を持っているようである。

一方、佐々木は五間ほどの間合をとって菅井と対峙《たいじ》した。菅井の居合を警戒しているらしい。

「いくぞ」

平沢が刀を抜いた。

「やるしかないようだな」

源九郎も抜刀した。

そのとき、ちょうど近くを通りかかったふたりの中間が、平沢と源九郎が抜きはなった刀を見て、悲鳴を上げて逃げだした。

源九郎と平沢は、中間たちに目もくれなかった。ふたりは相手の動きを見つめながらゆっくりとした足運びで間合をつめ始めた。そして、三間半ほどの間合で足をとめると、ほぼ同時に刀を構えた。

平沢は下段、源九郎は青眼だった。ふたりとも佐賀家の試合場でとった構えと同じである。

平沢はゆったりとした身構えで、刀身を足元に下げていた。下段の構えというより、ただ刀身を下げているだけに見える。これが、火焔《かえん》斬りの構えである。

対する源九郎は青眼に構えると、切っ先をやや下げて平沢の胸のあたりにつけた。突きか籠手《こて》を狙う構えである。

ふたりは対峙したまま凝《じっ》と動かなかった。ふたりとも、敵の仕掛けを待っているのだ。

夕暮れ時を思わせる薄闇のなかで、ふたりの手にした刀身が銀蛇のようににぶくひかっている。


そのとき、菅井は佐々木と対峙していた。ふたりの間合はおよそ四間半。まだ、居合の抜きつけの間合からは遠かった。

佐々木は、三尺ほどもある長刀を八相に構えていた。両肘を高くとった大きな構えである。その巨軀《きょく》とあいまって、巨岩を思わせるような迫力がある。

菅井は左手で刀の鯉口を切り、右手を柄に添えていた。居合腰に沈め、抜刀体勢をとっている。

佐々木は無言のまま、足裏を摺《す》るようにして間合をつめ始めた。全身に気勢が満ち、斬撃の気配がみなぎっている。

菅井は気を鎮めて、佐々木との間合を読んでいた。居合は抜刀の迅《はや》さだけでなく、敵との間合を読むのも大事である。抜き付けの一刀は、切っ先が確実に敵の急所をとらえる間合ではなたなければならない。

佐々木との間合がしだいに狭まってきた。ふたりの全身が痺《しび》れるような剣気でつつまれ、斬撃の気配が高まってきた。

菅井と佐々木は、すべての神経を敵の動きに集中させていた。時のとまったような静寂と緊張が周囲を支配している。

菅井は抜刀の機をうかがっていた。ズッ、ズッ、という佐々木の足裏を摺る音だけが、菅井の耳にとどいていた。

ふいに、足裏を摺る音がやみ、佐々木の寄り身がとまった。菅井が抜きつけの一刀をはなつ一歩手前だった。佐々木は、このまま居合の抜きつけの間合に踏み込むのは危険だと察知したらしい。佐々木も、菅井との間合を読みながら身を寄せていたようだ。

イヤアッ!

突如、佐々木が雷鳴のような凄《すさ》まじい気合を発した。気当《きあ》てだった。気合で、菅井を動揺させてから斬り込もうとしたのである。

だが、菅井はまったく動じなかった。そればかりか、佐々木が気合を発した一瞬の隙をついて、スッ、と抜刀の間に踏み込んだ。

次の瞬間、菅井と佐々木の全身に斬撃の気がはしった。

タアッ！

トオッ！

ふたりの鋭い気合が静寂を劈《つんざ》き、体《たい》が躍動した。

ふたりはほぼ同時に仕掛けたが、一瞬、菅井の方が迅かった。居合の抜きつけの一刀は、神速の斬撃を生む。

シャッ、という刀身の鞘走る音とともに閃光《せんこう》が逆袈裟《けさ》にはしった。つづいて、佐々木の長刀が刃唸りをたてて菅井の真っ向を襲う。

菅井の切っ先が佐々木の胸部をとらえ、佐々木の長刀は菅井の肩先をかすめ空を切って流れた。

菅井が佐々木の太刀筋を読み、右手に体を寄せながら抜きつけたために、佐々木の斬撃は真っ向をとらえることができなかったのだ。

ザクリ、と佐々木の胸から肩にかけて着物が裂け、あらわになった肌から血が噴いた。

佐々木は前に泳ぎ、反転すると、

「まだだ！」

と一声叫んで、切っ先を菅井にむけた。

佐々木の顔が、苦痛にゆがんだ。目を剝《む》き、口をひらいて牙のような歯を覗かせた。悪鬼を思わせるような憤怒の形相である。佐々木の胸から肩にかけて血が噴出し、見る間に胸板と着物を赤く染めていく。

菅井はすばやく脇構えをとった。納刀の間はなかった。佐々木が、すぐに斬り込んでくるとみたのである。

オオリャッ！

佐々木が獣の吠えるような気合を発して斬り込んできた。振りかぶりざま、真っ向へ。

捨て身の斬撃だったが、敵の隙をついての攻撃ではなかった。それに、斬撃に鋭さがなかった。

菅井は右手に踏み込んで、佐々木の斬撃をかわしざま刀身を逆袈裟に撥ね上げた。一瞬の体捌きである。

ビュッ、と佐々木の太い首から血が飛んだ。佐々木は細い喘鳴《ぜんめい》を洩《も》らし、前によろめいた。首筋から血飛沫《ちしぶき》が驟雨《しゅうう》のように飛び散った。菅井の切っ先が、佐々木の血管《ちくだ》を斬ったのである。

佐々木は血を撒《ま》きながらよろめき、足がとまると、反転するような動きを見せたが、そのまま巨木が倒れるように転倒した。

地面に伏臥《ふくが》した佐々木は、細い喘鳴を洩らし四肢をもそもそと動かしていたが、頭をもたげることもできなかった。すぐに、四肢も動かなくなり、喘鳴も聞こえなくなった。つっ伏した巨体の背に痙攣《けいれん》が何度かはしった。いっときすると、痙攣もやみ、ぐったりとなって動かなくなった。絶命したようである。

菅井は横たわっている佐々木の脇に立つと、視線を落とし、

「死んだか……」

と、つぶやいた。

前髪が垂れ、顎のしゃくれた般若《はんにゃ》のような菅井の顔が、返り血を浴びて赤く染まっていた。真剣勝負の気の昂《たかぶ》りで、細い目が燃えるようにひかり、すこしひらいた唇の間から歯が牙のように覗いている。まさに、夜叉を思わせるような凄じい形相である。

三

菅井は源九郎と平沢に目を転じた。

ふたりの勝負は、まだ決していなかった。およそ四間の間合をとって、対峙している。すでに、一合したらしく、源九郎の着物の肩先が裂けていた。一方、平沢も右袖が裂け、かすかに血の色があった。だが、ふたりともかすり傷のようである。

源九郎は青眼に構えていた。平沢は下段に構え、刀身をだらりと下げている。火焔斬りの構えである。

菅井は、刀身に血振《ちぶ》り（刀身を振って血を切る）をくれて納刀すると、源九郎の脇に走り寄った。源九郎に助太刀しようと思ったのである。

「手出し無用！」

源九郎が強いひびきのある声で言った。

源九郎には、他者を寄せ付けない迫力と凄《すご》みがあった。ひとりの剣客として、真剣勝負に徹しているのだ。

菅井は、源九郎から身を引いた。すこし間合をとり、源九郎の闘いぶりを見てあやういと見れば、助太刀するつもりだった。

平沢は菅井に目をくれたが、ほとんど表情を変えなかった。のっぺりした顔が紅潮し、双眸《そうぼう》が鋭いひかりをはなっている。

「いくぞ」

平沢が低い声で言い、下段から刀身を右手にむけて斜《はす》に構えた。試合場で見せた構えと同じである。青眼の敵に対応する火焔斬りの構えだった。

源九郎は平沢の構えを見て、

……初手より、刀身が高い。

と、察知した。

すでに、源九郎は平沢の火焔斬りと一合していた。そのとき、斜に構えた平沢の切っ先はもうすこし低かったのだ。

源九郎は、平沢が撥ね上げる太刀を迅くするために五寸ほど刀身を高くしていることをみてとった。

……ならば、初太刀を捨てるか。

源九郎は初太刀で斬ろうとせずに平沢に斬撃をはじかせ、二の太刀で勝負しようと思った。

ふたりは全身に気勢を込め、気魄《きはく》で攻めていたが、平沢が先に動いた。足裏を摺るようにして、ジリジリと間合をつめてくる。

対する源九郎は動かなかった。気を鎮めて間合を読み、平沢の気の動きを感じとっている。

平沢は全身から痺れるような剣気をはなっていた。構えに気魄がこもり、斬撃の気配が高まってきた。

ふいに、平沢の寄り身がとまった。まだ、一足一刀の斬撃の間境の外である。絶妙な間積もりだった。源九郎が一歩踏み込んで突きをはなっても、切っ先が胸にとどかない間合である。初太刀を捨て、二の太刀でさらに突きをはなっても平沢を仕留めることはできない。

……籠手を斬る！

と、源九郎は胸の内で声を上げた。籠手なら、とどくはずである。

先《せん》をとったのは、平沢だった。斬撃の気配を見せながら、ピクッ、と刀身を動かした。

その仕掛けで、ふたりの全身に斬撃の気がはしった。

タアッ！

鋭い気合を発し、源九郎が踏み込みざま突きをはなった。はじかれるのを読んで浅く突いた。

間髪をいれず、平沢が斜の構えから刀身を逆袈裟に斬り上げた。

刹那《せつな》、シャッ、という刀身の擦れる音がひびき、青火が逆袈裟にはしった。その青白い火花が源九郎の目に火焔のように映じ、源九郎の刀身がはじき上げられた。

次の瞬間、平沢は振り上げた刀身を返しざま袈裟に斬り下ろした。

源九郎は一歩身を引きながら、刀身を突き込むように平沢の籠手に斬り込んだ。神速の太刀捌《さば》きである。

平沢の切っ先が源九郎の肩先を浅くとらえ、源九郎の切っ先は平沢の右腕に深く斬り込んだ。ふたりの斬撃はほぼ同時だったが、源九郎が前に突き出した平沢の腕を狙ったために、深い斬撃をあたえることができたのだ。

一瞬の勝負だった。

ふたりは斬り込んだ後、すばやく背後に跳んで大きく間合をとった。

平沢の顔が、苦痛と激怒でゆがんだ。右の前腕を深くえぐられ、迸《ほとばし》り出た血が幾筋もの赤い糸を引いて流れ落ちている。

平沢は下段に構えたが、その刀身が笑うように震えていた。

源九郎の肩先からも血が出ていたが、わずかだった。皮膚を浅く裂かれただけである。

「勝負、あったな、平沢」

源九郎が、切っ先を平沢にむけながら言った。

源九郎の双眸が、猛々《たけだけ》しい野獣を思わせるように炯々《けいけい》とひかっていた。真剣勝負の昂りで、体中の血が滾《たぎ》っているのだ。

「まだだ！」

叫びざま、平沢は刀身を下げたまま間合をつめてきた。まだ、火焔斬りを遣うつもりらしい。

「火焔斬りは、遣えぬ」

源九郎も摺り足で間合をつめ、斬撃の間境に迫るや否や仕掛けた。

源九郎は、つッと切っ先を突き出し、胸を突くと見せた。誘いである。この誘いに、平沢が反応した。

平沢は甲走った気合を発し、下段から刀身を逆袈裟に撥ね上げた。源九郎の刀身をはじき上げようとしたのだ。

だが、源九郎がすばやく刀身を引いたため、平沢の刀身は空を切って撥ね上がった。

間髪をいれず、源九郎が二の太刀をはなった。

袈裟に――。渾身《こんしん》の一刀である。

刀身が平沢の肩から胸にかけて深々と食い込んだ。

グワッ、という怒号を上げ、平沢が後ろによろめいた。その拍子に、肩に食い込んだ源九郎の刀身が抜け、截断《せつだん》された鎖骨が白く見えた。傷口から血が奔騰し、瞬く間に肩から胸にかけて血に染まった。

平沢は足をとめると、何か叫ぼうとしたが、口が動いただけで声にならなかった。源九郎の耳に、獣の唸るような声がとどいただけである。

平沢はがっくりと膝を折り、そのまま前に俯《うつぶ》せに倒れた。

平沢は動かなかった。四肢が痙攣していたが、それもすぐに収まり、ぐったりとなった。悲鳴も呻《うめ》き声も聞こえなかった。絶命したようである。平沢の肩口から流れ出た血が、赤い布をひろげるように地面を染めていく。

源九郎は平沢の袖で刀身の血を拭うと、立ち上がって刀を鞘に納めた。源九郎は、ひとつ大きく息を吐いた。胸の動悸《どうき》を静めるためである。

そこへ、菅井が近付いてきた。

「華町、見事だ」

源九郎が平沢の死体に目をやりながら言った。

「おまえもな」

源九郎は菅井が佐々木を斃《たお》したのを知っていたのである。

「おい、華町、その恰好《かっこう》は何とかならんのか。……それでは、長屋まで帰れんぞ」

菅井が顔をしかめて言った。

源九郎はひどい恰好をしていた。出血はわずかだったが、小袖の肩から胸にかけて深く斬り裂かれて胸板があらわになっていた。しかも、平沢の返り血を浴びて、顔や着物の胸まわりが赭黒《あかぐろ》く染まっている。

「菅井、おまえだってひどい顔をしているぞ」

菅井の顔も返り血を浴びて、赭黒く染まっていた。それに、前髪を垂らしているので、よけい不気味である。

「そ、そうか」

菅井が慌てて手の甲で顔を擦った。

「なに、すぐに暗くなる。長屋に帰って洗えばいい」

「そうだな」

源九郎と菅井は、平沢と佐々木の死体を近くの松林のなかに運び込んでから、その場を離れた。明朝、通りの邪魔になると思ったのである。

辺りは、淡い夕闇に染まっていた。路地には人影もなく、ひっそりと静まっている。ふたりが、人通りの多い両国広小路に入るころには、夜陰につつまれているだろう。

「華町、長屋に帰って飲みなおすか」

菅井が源九郎に身を寄せてささやいた。

「それがいいな」

ふたりの足が、急に速くなった。

四

シトシトと、雨音がした。

……雨らしいな。

源九郎は掻巻《かいまき》から首だけ出して、戸口に目をやった。部屋のなかは薄暗かったが、戸口の腰高障子は仄《ほの》かに白んでいる。

長屋のあちこちから、亭主のがなり声や子供を叱る母親の声などが聞こえてきた。長屋は動き出しているようだ。もう、明け六ッ（午前六時）は過ぎているのだろう。

……夕めしの残りはなかったな。

源九郎は空腹を感じたが、起き出す気にならなかった。火を焚《た》き付けて、めしを炊くのは面倒である。

それに、今朝は雨だった。源九郎はもうすこし寝ていて、菅井が姿をあらわすのを待とうと思った。雨の日は、菅井が将棋盤と飯櫃《めしびつ》をかかえて、源九郎の家にやってくることが常だったのだ。

だが、源九郎の胸には一抹の不安があった。ちかごろ、菅井は源九郎の家に顔を見せることがすくなくなった。神谷道場に稽古に行くことはなくなったが、それでもきよのことが胸にあって将棋を指す気になれないのかもしれない。

それから、源九郎は小半刻（三十分）ほど、搔巻にくるまって寝ていたが、菅井は姿を見せなかった。源九郎は腹がへってきて、寝ていられなくなった。

……仕方がない。めしを炊くか。

そう思って、源九郎が身を起こしたときだった。

戸口に近寄ってくる下駄の音がした。

……来たか！

源九郎は、ほくそ笑んだ。

足音は戸口でとまり、下駄についた泥を落とす音がした。

ガラッ、と腰高障子があいた。顔を出したのは、菅井ではなかった。茂次である。しかも茂次は手ぶらで、傘も持っていなかった。肩口がすこし濡れている。傘をささずに来たらしい。そういえば、辺りが明るくなっていた。雨は上がってきたのかもしれない。

「なんだ、茂次か」

源九郎はがっかりした。

「おや、菅井の旦那は」

茂次は、薄暗い座敷に目をやって訊いた。

「それが、姿を見せんのだ」

「雨なのに……。菅井の旦那、どうしたんですかね」

茂次は土間に立って首をひねった。

「まだ、寝てるのではないか」

「そんなこたァねえ。もう、五ツ（午前八時）を過ぎてやすぜ。菅井の旦那は、華町の旦那とちがって、几帳面《きちょうめん》なところがありやすからね。とっくに起きて、朝めしをすませているはずでさァ」

「そうだな。……亀楽で飲んだのが、まだ残っているのかな」

一昨日、源九郎ははぐれ長屋の仲間たちと亀楽で酒を飲んだ。

それというのも、一昨日の昼前、神谷道場から宗之助、きよ、植村の三人が長屋に姿を見せ、源九郎に礼金として三十両を手渡したのだ。神谷道場では、佐賀家と岩根藩からあらためて指南役の支度金をもらったらしい。名目は支度金だが、試合の報奨金でもあるのだろう。

そのとき、宗之助が話したのだが、岩根藩の剣術指南役も決まったという。ただ、指南役といっても岩根藩の家臣になるわけではなく、江戸の藩邸に通って藩士たちに指南するだけだそうだ。旗本屋敷に出稽古に行くのと、それほど変わりはないようである。それでも、大名家の剣術指南役にはちがいないので、神谷道場に箔《はく》がつくだろう。

宗之助たちが長屋に来た日の晩、源九郎たちは宗之助からの礼金を仲間たちと分けるために、亀楽で飲んだのである。

「旦那、亀楽で飲んだのは、一昨日《おとつい》ですぜ。菅井の旦那にかぎって、酒が残っているはずはねえ」

茂次があきれたような顔をして言った。

「神谷道場に、稽古に行ったのかな」

菅井が神谷道場に稽古に行くのは、きよが目的のはずだった。もっとも、それを知っているのは源九郎だけである。

……きよどののことは、あきらめたはずだがな。

ちかごろ、菅井のきよに対する関心は薄れてきたように見えた。

菅井は、きよがまったく自分に思いを寄せていないことは承知していた。それに、菅井がきよに関心をもったのは、きよが死んだ妻のおふさによく似ていたからで、きよにおふさの面影を見ていたらしいのだ。

「家にいるんじゃァねえかな。……小半刻（三十分）ほど前《めえ》に、お梅が菅井の旦那を見かけたって言ってやしたぜ」

お梅は、茂次の女房である。

「お梅は、どこで菅井を見かけたのだ」

源九郎が訊いた。

「菅井の旦那の家でさァ。腰高障子があいてたそうでしてね。土間にいる菅井の旦那の姿が見えたようで」

「そうか」

「ひとりで、茶を飲んでるのかもしれねえ」

「わしらも、茶でも飲むか」

源九郎は、朝めしをあきらめようと思った。湯を沸かすのは面倒だが、めしを炊くほどの手間はかからない。

「湯は沸いてるんですかい」

「いや、まだだ」

「ようがす、あっしが火を焚《た》きやしょう。旦那は、座敷を片付けてくだせえ」

茂次が座敷に目をやって言った。まだ、源九郎は起きたばかりで、夜具がそのままになっていたのだ。

「分かった」

源九郎は座敷の夜具を畳み、枕屏風の陰に押しやった。夜具を延べたままでは、茂次を上げることもできない。

茂次は、竈《へっつい》の前に屈んで火を焚き付けた。

そのとき、戸口に近付いてくる下駄の音がした。

……菅井ではないか！

源九郎は、戸口に目をむけた。

茂次も竈の前に立ったまま、腰高障子に目をむけている。

足音は戸口でとまり、

「華町、起きてるか」

と、菅井の声が聞こえた。

「菅井、入ってくれ！」

思わず、源九郎が声を上げた。

すぐに、腰高障子があいて菅井が姿を見せた。いつものように、将棋盤と飯櫃を持っている。

「なんだ、茂次もいるのか」

菅井が土間にいる茂次に顔をむけて言った。

「そろそろ菅井の旦那が来るころだと思いやしてね。茶を淹《い》れるつもりで、湯を沸かしてたんでさァ」

茂次が照れたような顔をして言った。

「ちょうどよかった。にぎり飯を持ってきたのでな。……ただ、茂次の分はないぞ。おまえがいるとは、思わなかったのでな」

そう言うと、菅井は勝手に座敷に上がってきた。

「あっしは、お梅とふたりで朝めしを食いやした」

茂次が目尻を下げて言った。

「そうか。華町、おまえも朝めしを食ったのか」

菅井は座敷のなかほどに腰を下ろすと、さっそく、将棋盤を膝の前に据え、飯櫃を脇に置いた。将棋を指しながら握りめしが食える位置に置いたのである。

「いや、まだだ」

「握りめしだが、食うか」

「いただくかな」

源九郎は揉《も》み手をしながら、将棋盤を前にして菅井の前に膝を折った。嬉しげに目を細めている。

「将棋を指しながらだぞ」

「いいな」

源九郎は脇に置いてある飯櫃の蓋を取った。

なかを覗くと、握りめしが四つ、それに薄く切ったたくわんまで入っている。握りめしの数もたくわんも、いつものとおりである。

「さァ、やるぞ」

菅井が駒を並べ始めた。

源九郎は右手で握りめしをつかみ、左手で駒を並べた。

そのとき、土間の竈からパチパチと粗朶《そだ》の燃える音がし、煙が立ち上ぼった。

茂次は目を擦りながら竈を覗き込んでいる。

源九郎は握りめしを頬張りながら、

……いつもの長屋にもどったようだ。

と、胸の内でつぶやいた。

腹がへっているせいもあるのか、握りめしがことのほかうまかった。

双葉文庫

と-12-36

# はぐれ長屋《ながや》の用心棒《ようじんぼう》
# うつけ奇剣《きけん》

2013年4月14日　第1刷発行

【著者】
鳥羽亮《とばりょう》

【発行者】
赤坂了生
【発行所】
株式会社双葉社
〒162-8540 東京都新宿区東五軒町3番28号
［電話］03-5261-4818(営業)　03-5261-4833(編集)
www.futabasha.co.jp
(双葉社の書籍・コミックが買えます)
【印刷所】
慶昌堂印刷株式会社
【製本所】
株式会社若林製本工場

【表紙・扉絵】南伸坊
【フォーマット・デザイン】日下潤一
【フォーマットデジタル印字】飯塚隆士



ISBN978-4-575-66608-3 C0193
Printed in Japan